MARIE-ANDRÉE WARNANT CÔTÉ

La cavernale

Roman

ÉDITIONS PIERRE TISSEYRE

8925, boul. Saint-Laurent — Montréal, H2N 1M5

DU MÊME AUTEUR

Chez le même éditeur

Des dieux et des hommes, récits, 1982

Sous Bételgeuse la rouge, nouvelle in *Planéria*, collection Conquêtes, 1985

Chez d'autres éditeurs

Les tours de Maître Lapin, légendes amérindiennes, éditions Héritage, 1976

L'enchanteur du pays d'Oz, adaptation de *Wizard of Oz* de L. Frank Baum, éditions Héritage, 1977

Une fleur m'a dit, adaptation de la série télévisée de Henriette Major, éditions Héritage, 1978

Jardins abandonnés, nouvelle, éditions Graficor, 1988

À l'elfe Ariane
la soleil de nos jours

Dépôt légal : 3e trimestre 1983
Bibliothèque nationale du Canada
Bibliothèque nationale du Québec

Maquette de la couverture : Groupe Flexidée
Illustration de la couverture : Charles N. Vinh

La réalisation de cet ouvrage à été rendue possible
grâce à une subvention du Conseil des Arts du Canada

1

C'EST LA NUIT. TOUT EST tranquille dans la caverne. Dans leurs sacs de couchage, les explorateurs se sont enfin endormis. Depuis leur arrivée au Lac-Saint-Jean, ils sont impatients de commencer l'exploration du réseau souterrain. Mais l'aventure ne débutera que le lendemain matin. Alors Monsieur Dubé, le spéléologue* professionnel, les guidera dans l'obscur et silencieux monde souterrain. Le plus jeune membre du groupe a huit ans: il a eu une permission spéciale pour accompagner sa sœur. Les

---

* Spéléologue : spécialiste de l'exploration et de l'étude des cavités du sous-sol.

autres aventuriers ont quinze ou seize ans.
Ils sont escortés par quatre moniteurs du
Service des loisirs d'Outremont.

À chaque extrémité de la grande salle
d'entrée, une lampe arrondit son halo de
veilleuse. Ariane est éveillée. Elle fixe in-
tensément un reflet lumineux pour essayer
de se calmer, pour apaiser le remous
d'angoisse qui monte en elle comme une
nausée. «Si mon cœur continue à battre
comme ça, il va éclater», pense Ariane. Et
quelque chose éclate. Un point rouge
s'allume dans son esprit et flambe d'un
seul jet. Ça bouscule et ça hurle! Un cri
sort d'elle, avec ces mots :

— Danger! Réveillez-vous! Il faut partir,
vite! Réveillez-vous! Fuyez! Courez!

Ceux qui sont étendus près d'Ariane
réagissent immédiatement : soumis au
pouvoir de sa voix, ils se lèvent. La voix
d'Ariane a un puissant pouvoir : elle force
à l'obéissance instantanée. Le tissu de sa
voix est tendu de vibrations métalliques.
Ce n'est pas la violence du cri ni l'urgence
des paroles qui en fait la force, mais une
onde qui frappe comme un fouet.

Tout autour d'Ariane, on se réveille et
on s'agite. Les autres explorateurs, Mon-

sieur Dubé et les moniteurs ne comprennent rien à ce qui se passe. Des appels, des questions se croisent. Ariane essaie de répondre mais sa voix est couverte par le tumulte grandissant qui rebondit en échos sur les parois minérales. Ariane répète son cri mais personne d'autre que ses voisins immédiats ne l'écoute. Une vague d'impuissance passe sur Ariane mais elle se ressaisit vite et se tourne vers ses plus proches compagnons. Ils ne l'ont pas quittée des yeux. Dans la clarté plus vive des lampes rallumées, ils imitent ses gestes, suspendus à sa voix :

— Mettez vos souliers... Non! vous n'avez pas le temps de vous habiller. Mettez toutes vos affaires dans vos sacs à dos. Faites vite! Prenez tout! Suivezmoi!

Il y a maintenant un vacarme épouvantable dans la grotte. Ariane amène son petit essaim de fidèles à une galerie qui s'enfonce dans la terre. Elle a un dernier regard par-dessus son épaule : les autres continuent à s'agiter. Certains, croyant à une farce, se déchaînent à leur tour. Les moniteurs tentent en vain de calmer leur monde et de rattraper le petit groupe de fuyards, mais ils sont de l'autre côté de la caverne. Ariane n'a pas le temps pour plus d'explications : quelque chose la force à s'enfuir au plus vite. Elle se mord les lèvres d'impuissance tandis qu'elle entraîne ses compagnons plus profondément dans la galerie. Une monitrice réussit à s'approcher, enjambant des campeurs ahuris, mais le petit groupe d'Ariane est déjà loin. On ne voit qu'un faible reflet de la lampe de poche d'Ariane dansant sur les parois. La monitrice n'ose pas les suivre dans l'inconnu. Avant de poursuivre les fuyards, il faudrait s'organiser. Qu'est-ce qui a pris à cette fille, Ariane qu'elle s'appelle, de crier comme ça? Et qu'est-ce qui a pris aux autres de la suivre comme des zombis?

Les compagnons avancent rapidement, précédés par le rayon sautillant de la lampe de poche d'Ariane. Le brouhaha de la grande salle s'atténue peu à peu. Les parois se sont rétrécies, ce qui les oblige à marcher à la queue leu leu, la main accrochée au sac à dos devant eux. Leur progression est encore ralentie lorsque la voûte descend très bas sur eux. Pour passer cette chatière*, ils doivent ramper tout en poussant leurs bagages. La voix d'Ariane les encourage continuellement et les supplie de se dépêcher. Elle tient les autres sous son pouvoir et ils exécutent parfaitement tout ce qu'elle leur dit de faire. De l'autre côté de la chatière, ils débouchent dans un endroit dégagé. Le rayon lumineux perce l'obscurité droit devant sans rencontrer d'obstacle : la caverne doit être vaste.

Des cris perçants et un bruit d'ailes tourbillonnantes assaillent les compagnons. Ariane balaie la voûte de traits lumineux. Des grappes de chauves-souris se sont défaites. Affolées, les bêtes frôlent le petit groupe de leur vol brusque. Ariane fait traverser la salle souterraine aux compagnons. Le sol couvert de guano* glisse sous le pied. Il n'est pas question de courir ni même de marcher vite. De l'autre côté de la caverne, une

---

* Chatière : passage étroit dans une galerie souterraine, où la voûte descend très bas.
* Guano: amas de déjections des chauves-souris, et aussi des oiseaux marins.

galerie s'ouvre dans le jet de lumière. Les compagnons s'y engagent mais ne vont pas très loin : c'est un cul-de-sac. Ils reviennent sur leurs pas et retrouvent la caverne aux chauves-souris. Celles-ci continuent leur manège. Est-ce la seule présence des compagnons qui perturbe ainsi les petits mammifères volants? Les chauves-souris ont-elles senti le danger qui presse Ariane de trouver un abri loin au creux de la terre?

Ariane découvre une autre galerie à la gauche de la première. Elle regroupe les compagnons et les y entraîne. Ils se contentent de suivre le halo de sa lampe, marchant, avançant à quatre pattes ou rampant. La galerie se coude et tourne tantôt dans un sens, tantôt dans l'autre; elle monte parfois mais la majorité de son parcours est en pente descendante. Ariane perd toute notion de direction. Elle n'est même pas sûre qu'ils soient toujours dans la même galerie. Au hasard de leur cheminement, ils sont sans doute passés d'une galerie à l'autre sans s'en rendre compte. Enfin, Ariane sent qu'ils sont en sécurité. Ils doivent se trouver profondément enfouis dans le ventre de la terre. Ariane s'arrête et les fait asseoir dans la galerie pour se reposer.

Ariane se laisse tomber par terre sans ménagement. Après toute cette précipitation, elle se sent maintenant vidée de ses forces. Ça a cessé de hurler en elle, la tension se relâche sensiblement. Quel était ce danger là-haut? Elle l'ignore; elle n'en a perçu que l'urgence. Les compagnons bougent, là, tout près. Combien en a-t-elle sauvés? Une poignée, moins de dix lui semble-t-il. Elle aurait voulu sauver tous les membres de l'expédition, mais elle ne l'a pas pu, et ce demi-sauvetage la remplit de désespoir.

Les fuyards reprennent lentement conscience, et le moins qu'on puisse dire est qu'ils ne sont pas heureux de la situation. Ils se rappellent vaguement les derniers événements, comme s'ils les avaient vécus en rêve. Ils s'éblouissent les uns les autres avec les rayons de leurs lampes de poche, ils regardent curieusement autour d'eux. Ariane est assaillie de questions :

— Pourquoi est-ce que tu as crié comme ça? Qu'est-ce qu'on fait ici? Pourquoi est-ce que tu nous as emmenés

ici? Qu'est-ce que les moniteurs vont
dire?

— Ta voix résonnait dans toute ma
tête, je ne pouvais plus penser, dit le
plus grand des garçons.

— Moi, je me demande ce qui a bien
pu me prendre de te suivre jusqu'ici.
D'habitude, j'ai plus de bon sens que ça,
dit une fille d'un ton pincé.

— On est combien? demande une
autre. Attendez, je vais nous compter...
Avec moi, ça fait sept. On est juste sept.

— On est juste sept, reprend un garçon d'un ton grognon. Et tous les autres
sont restés là-haut. Mais pourquoi est-ce
que tu as crié comme ça?

— Pourquoi je vous ai emmenés ici?
dit Ariane. Je ne sais pas exactement. Je
ne peux pas l'expliquer. Il y avait un
danger là-haut. Il y a un danger...

— Quoi? reprend le grognon, tu nous
réveilles en pleine nuit, tu nous fais courir et ramper sur la roche. Et quand on
te demande pourquoi tout ça, tu ré-
ponds que tu ne sais pas. C'est un peu
fort!

— Il y a un danger, dit Ariane. Je ne
sais pas ce que c'est mais j'ai senti en

moi quelque chose qui me forçait à me lever et à m'enfuir... J'aurais voulu sauver tout le monde mais les autres ne m'ont pas écoutée. Il n'y a que vous. (Elle les regarde, presque timide.) Vous étiez les plus proches de moi. Ma voix vous a touchés et vous m'avez suivie. J'aurais voulu... Je n'ai pas eu le temps d'aller de l'un à l'autre pour les convaincre de me suivre. Et ma voix...

— Qu'est-ce qu'elle a ta voix pour nous faire un tel effet? l'interrompt le grognon. Pourquoi est-ce qu'on lui obéit comme si on était hypnotisé?

— Elle a sûrement un pouvoir, murmure le plus grand.

— Oui, ma voix a un pouvoir, confirme Ariane. Quand je lance ma voix sur quelqu'un, il fait ce que je lui dis. Mais c'est bien rare que je fasse ça, il faut que j'y sois obligée.

— Eh bien, retiens ta voix avant qu'elle ne me morde, dit le grognon. Je n'ai pas l'intention de moisir ici, autant te le dire tout de suite. Arrête de jouer à la diseuse de bonne aventure. Je veux remonter là-haut et tu vas me laisser partir bien gentiment.

— Le danger est toujours là, dit
Ariane.

— Je n'y crois pas à ton danger mys-
térieux, dit le grognon. Si tu veux
t'amuser à faire peur au monde, choisis
d'autres poires que moi. Je m'en vais.
Qui veut remonter avec moi?

— Moi, je remonte, dit la fille pincée.
Moi aussi, je déteste ça me faire jouer
des tours. Je n'ai pas envie de rester ici
une minute de plus.

— Je vais avec vous, dit une autre
fille. J'ai faim, j'ai hâte d'être en haut pour
me faire un bon chocolat chaud. Moi, les
émotions, ça me creuse. Oh! mais j'y
pense, j'ai emporté des biscuits et du
chocolat. Laissez-moi juste grignoter un
petit quelque chose. J'en ai pour deux
minutes... c'est dans mon sac... là...

— On n'a pas le temps de t'attendre,
dit le grognon. Imagine comme ils doivent s'inquiéter, en haut. Tu viens tout
de suite ou tu restes.

— Bon, bon, je viens, dit la gourmande.

Les trois rebelles se redressent, ra-
justent les bretelles de leur sac à dos et,
après avoir salué ironiquement ceux qui

restent, ils s'apprêtent à partir. Ariane fait une autre tentative. Elle parle doucement, mettant de la persuasion dans sa voix :

— Ne remontez pas. Pas encore! Le danger n'est pas passé. Et puis vous allez perdre votre chemin, il y a plein de galeries et de cavernes dans cette région. Monsieur Dubé disait : «Elle est trouée comme du gruyère!». Il faut rester ensemble, c'est notre seule chance.

— Oui, c'est vrai, il vaut mieux rester, dit la gourmande.

— Toi, tu es en train de te faire avoir, dit le grognon. Bouche-toi les oreilles et viens.

Il attrape par le bras la fille qui hésite et la tire à lui pour l'entraîner sur le chemin du retour. Ils n'ont pas fait plus de trois pas quand Ariane lance sa voix :

— Arrêtez!... Revenez près de nous!... Bon, asseyez-vous!

Les trois dissidents reviennent docilement s'asseoir près du petit groupe de fidèles. Tout doucement, Ariane ajoute alors:

— Je regrette, je n'aime pas lancer ma voix sur vous mais il le faut. Je ne peux pas vous laisser remonter, après vous avoir sauvés du danger.

Plus personne ne se rebelle contre Ariane, qu'ils croient ou non au danger dont elle parle. Mais c'est dur d'attendre dans ce couloir le moment de remonter. Dans le noir, l'oreille tendue croit percevoir des bruissements, des bourdonnements, des frôlements qui semblent naître du silence lui-même. Leur nuit interrompue et cette fuite précipitée dans le noir ont fatigué les compagnons. Ils aimeraient trouver un coin plus confortable où se reposer, en attendant qu'Ariane leur dise qu'ils peuvent rejoindre les moniteurs et les autres campeurs. Les compagnons ne se sentent pas en sécurité dans cette longue galerie ouverte sur les profondeurs obscures. Ils se remettent donc en route.

Trébuchant sur le sol inégal, se cognant aux parois ou à la voûte basse, ils cheminent dans le ventre de la terre. Ils traversent des salles humides, sont arrêtés par des murailles, changent de direction, évitent de justesse des trous, frôlent des parois ruisselantes d'eau et de cavernicoles*.

Au moment où ils vont désespérer, Ariane découvre une crevasse dans le rocher. Le jet de lumière l'a soudain révélée. C'est peut-être l'entrée d'une autre caverne. Ariane se glisse déjà dans la fissure pour voir si ça débouche sur un endroit intéressant. Les autres attendent passivement. Ils n'en peuvent plus; tout ce qu'ils veulent pour le moment, c'est pouvoir se coucher dans un coin sec et dormir. Ariane les appelle. Juste à entendre sa voix, les compagnons devinent qu'elle a trouvé quelque chose de bien.

La caverne est une petite salle ovale, plus large que longue, avec un plafond bas. Les compagnons peuvent tout de même se tenir debout au centre mais ils doivent se courber aux endroits où le plafond rejoint les parois. On ne voit aucun signe d'humidité ou de cavernicoles. La caverne est rassurante comme une chambre close.

---

* Cavernicoles : animaux (insectes, arachnides, crustacés, mollusques) qui habitent les cavernes.

Ariane leur assure qu'aucun danger ne les menace ici. Les fuyards laissent tomber leurs bagages avec des soupirs de soulagement. Ils installent leurs sacs de couchage, les tassant les uns contre les autres, puis ils s'y étendent pour reprendre les heures de sommeil perdues. Ils s'endorment aussitôt. Ariane entend leur respiration régulière. Elle est fatiguée, elle aussi, mais la sensation persistante du danger l'empêche de sombrer dans le sommeil. Elle se sent écrasée par la responsabilité de ce pitoyable groupe humain qu'elle a emmené sous terre.

2

LE RÉVEIL N'EST GUÈRE RÉJOUISSANT. Comment! tout cela n'était donc pas un mauvais rêve? Ils sont dans une caverne, loin de tout, et Ariane qui les y a conduits ne peut préciser combien de temps ça va durer. Elle ne peut que répéter que, non, le danger n'est pas passé, qu'ils doivent rester dans cette caverne.

— C'est tellement stupide d'avoir tant d'ennuis à cause d'une vague impression que tu as, dit le grognon. Non, non, je ne recommence pas, je ne dis plus rien. Je vais vivre avec vous cette palpitante aventure jusqu'au bout. Je vois ça écrit en gros titres dans les journaux: «Six jeunes, partis faire une expédition de spéléologie, sont entraînés par une camarade et se perdent dans les profondeurs de la terre!»

— J'ai un meilleur titre, dit le plus grand. Ce serait : «La caverne infernale ou le martyre de sept apprentis-spéléologues». C'est un beau nom d'ailleurs pour cette caverne : la caverne infernale ou, en plus court, la cavernale. Qu'est-ce que vous en pensez?

— Je pense que j'ai faim, dit la gourmande.

Cela ramène une autre préoccupation : ils ont peu à boire et à manger. Chacun a des biscuits, du chocolat, quelques fruits et des canettes de jus dans son sac. Mais, comme ils ne savent combien de temps durera leur réclusion, ils décident de se rationner : ils mangeront et boiront par petite quantité à la fois, pour ménager leurs provisions. L'attente reprend dans le noir, car il faut également économiser les piles des lampes de poche.

La journée passe lugubrement. Plusieurs journées passent lugubrement sans amener d'amélioration à leur sort, au contraire. Les compagnons réalisent que, même s'ils voulaient remonter vers la caverne où ils étaient le premier jour, ils risqueraient de se perdre dans le labyrinthe de galeries et de salles souterraines. La meilleure solution est encore d'attendre qu'une équipe de spéléologues professionnels viennent les secourir.

Les humeurs commencent à se ressentir de cette vie confinée, de l'inaction, de l'humidité, du froid et de l'obscurité quasi continuelle. Et la liste des griefs pourrait s'allonger indéfiniment, chacun y ajoutant des cas particuliers. Des voix montent dans le noir telles des fusées de reconnaissance. On identifie chacun au ton de la voix et à sa façon de parler. La fille pincée, par exemple, dit des phrases comme :

— Moi, si on m'avait dit ce que c'est vraiment qu'une caverne, je ne serais jamais venue. Moi, j'ai l'habitude de vivre dans la propreté. Ça me dégoûte, moi, juste de respirer l'air de cette *cavernale*. Moi, ce que je voudrais par-dessus tout, ce serait de prendre une bonne douche et de me laver les cheveux. Ça me pique, moi…

Et ça continue longtemps ainsi. Les autres finissent par la surnommer «Moa». Elle proteste, bien sûr, mais le surnom lui reste. Elle n'est pas la seule d'ailleurs à recevoir un surnom. Ils y passent tous, tôt ou tard. Ça devient vite un jeu pour passer le temps. Ils s'amusent, dans le noir, à deviner qui parle et à lui trouver un surnom. Le plus petit, le bébé du groupe, s'appelle désormais «Biba». Le plus grand, celui qui a toujours soif, se fait d'abord surnommer : «Glou glou» puis simplement : «Glou». Ils appellent : «Niam», la gourmande qui parle sans cesse de nourriture. Le grognon s'attire le surnom de : «Rogne». Une fille compte les compagnons chaque fois que quelques-uns sortent, puis rentrent dans la *cavernale*. Comme elle termine toujours son compte sur elle-même, elle se fait vite appeler : «Sept».

Ariane est la seule à ne pas recevoir de surnom. Elle ne parle pas et se tient à l'écart. Elle reste à l'écoute de cette sensation de danger qui la ronge. Et elle est malheureuse de voir les compagnons souffrir de cette situation qu'elle les force, malgré elle, à supporter. Ce qui est pire encore, Ariane n'est même plus certaine de ce qu'elle ressent : et si elle avait entraîné les compagnons jusqu'à la *cavernale*, pour rien? Si elle était folle et que ce qui la ronge ne soit que des hallucinations sorties de son esprit malade? «Est-ce que je suis folle?» se torture-t-elle à penser. Pourtant, par moments cette angoisse est submergée par la certitude du danger.

Les compagnons s'impatientent: comment se fait-il qu'aucun secours ne vienne les tirer de là? Ils savent que ça doit prendre pas mal de temps pour que Monsieur Dubé communique avec la ville, puis pour que s'organise une expédition de secours et que celle-ci parvienne jusqu'à eux. Mais plusieurs jours ont déjà passé et personne ne vient les délivrer. Le danger dont Ariane veut les sauver est peut-être réel après tout.

Dans la *cavernale*, la situation devient critique : les canettes de jus sont vides. Glou n'en peut plus :

— Je meurs de soif. Et ce n'est pas juste une façon de parler. On meurt plus vite de soif que de faim. Je ne sais pas combien de jours on peut tenir sans boire mais je n'ai pas le goût d'essayer de les compter. Il y a de l'eau près d'ici, je vais en chercher.

— Tu ne vas tout de même pas boire de l'eau de caverne? demande Niam.

— De l'eau, c'est de l'eau, répond Glou. Je ne me laisserai certainement pas mourir de soif à côté de flaques d'eau. Elle ne doit pas être si mauvaise après tout, elle est même probablement moins polluée que nos rivières. Ramassez vos canettes, camarades, on va puiser de la bonne eau fraîche.

Les compagnons récupèrent les boîtes qui avaient été jetées dans le coin des déchets, non loin de la *cavernale*. Ils savent où trouver de l'eau. Durant leurs explorations aux environs, ils sont allés plusieurs fois dans une salle assez grande et très humide qu'ils avaient traversée pour découvrir la *cavernale*. Quelques concrétions* décorent la caverne : en filtrant, l'eau a formé de minces stalactites et stalagmites. On entend une

---

* Concrétions : glaçons de pierre calcaire. Les stalactites pendent de la voûte, les stalagmites montent du sol.

perpétuelle goutte d'eau tomber à intervalles réguliers. Un frisson les prend en entrant dans la salle. Glou s'exclame :

— Bien voilà, regardez, c'est plein d'eau dans cette caverne. Ne prenez pas l'eau qui coule sur les murs, c'est plus facile d'en puiser ici.

Avec le rayon de sa lampe, Glou désigne des cuvettes creusées dans le rocher et remplies d'eau. Ils s'approchent et leurs pas résonnent longuement comme lorsqu'on marche dans une haute pièce vide. C'est impressionnant! Sans s'en rendre compte, ils se mettent à chuchoter. Pourtant leurs paroles vibrent d'indignation et de dégoût.

— Beurk! c'est plein de bibittes, dit Biba.

— L'eau est couverte de bêtes, confirme Niam, on dirait... c'est des vers! Hé! il y a plein de vers là-dedans. Et ça, là, avec les longues pattes, qu'est-ce que ça peut bien être? Rien qu'à les regarder, ça me donne envie de vomir. Alors si vous pensez que je vais boire de cette eau-là...

Dans le rayon lumineux, le plan d'eau se révèle encombré d'une quantité incroyable de cavernicoles. Les silhouettes blafardes de planaires* se tortillent et se débattent pour fuir la lumière. De longs insectes agitent pattes et antennes. De pâles écrevisses s'enfuient de tous côtés.

Au bord de la nausée, les compagnons examinent le fourmillement de cavernicoles. Glou promène le rayon de sa lampe sur toute l'étendue liquide; il n'y a pas un espace libre, la surface est partout agitée par la fuite précipitée des bêtes.

— Glou, est-ce qu'on doit vraiment boire de cette eau-là? demande Biba d'une petite voix hésitante.

— Si tu peux en trouver d'autre, alors tant mieux, dit Glou. Sinon, c'est la seule eau à boire, et encore, on est chanceux qu'il y en ait sinon on mourrait de soif.

Glou va examiner les autres plans d'eau. Ceux-ci sont aussi encombrés que la cuvette près de laquelle les autres sont restés accroupis. Glou y revient et promène à nouveau le rayon de sa lampe pour essayer de découvrir un coin libre dans toute cette agitation miniature.

---

* Planaires : vers plats.

Ariane est la première à comprendre. Elle suggère à Glou :

— Ne bouge pas ta lampe tout le temps comme ça. Les bêtes sont habituées de vivre toujours dans le noir, elles ont peur de la lumière. Regarde, si tu éclaires un long moment au même endroit, les bêtes s'en vont ailleurs et cette place-là devient propre. On peut y puiser de l'eau sans attraper un tas de bibittes en même temps.

Glou et Ariane plongent leurs boîtes, là où le cercle lumineux a fait fuir les cavernicoles, et les remplissent d'eau sombre. Les cavernicoles se tiennent juste à la limite de la zone éclairée. Ariane cède sa place. Un à un, les compagnons enfoncent leurs boîtes sous la surface dégagée. Mais Rogne veut aller trop vite : il plonge brusquement son récipient. Entraînés par le mouvement de l'eau, des cavernicoles surgissent à la lumière et glissent dans sa canette. Furieux, Rogne vide par terre ce qu'il a puisé, en tempêtant :

— Il y a des bêtes dans ma canette! Hé! Glou, amène ta lampe par ici que je les enlève. Ça m'écœure! Comment ça se fait que j'en ai attrapé puis pas vous?

— Tu bouges trop, dit Glou. Tu as plongé ta canette trop fort. Il faut y aller doucement, il faut pas que tu fasses bouger l'eau, sinon les bibittes sont aspirées dans ta canette... pousse ta tête que je voie quelque chose... il reste deux... non, trois toutes petites bibittes de rien du tout. Il n'y a pas de quoi faire un drame. Viens la nettoyer...

— Moi! je fais un drame? s'écrie Rogne.

Ils retournent à la cuvette. Glou éclaire patiemment un endroit pour que Rogne puisse y rincer et y remplir à nouveau sa boîte.

Ils ont tous de quoi boire maintenant. Il leur reste à trouver le courage d'ingurgiter cette eau qui, un moment auparavant, était infestée de cavernicoles. Les compagnons regardent les boîtes d'un air dégoûté, le bras raide, les doigts crispés.

— En fin de compte, je n'ai pas si soif, dit Niam.

— Moi non plus, s'empresse d'ajouter Biba.

— Heu, moi non plus, dit Sept.

— Bon, dit Glou, il faut quelqu'un pour donner l'exemple, hein! Bon, j'y vais. Ça ne doit pas être si mauvais que ça, cette eau. Elle est bien fraîche en tout cas. Bon, alors j'y goûte!

Glou prend une gorgée d'eau et se force à l'avaler. Il fait claquer sa langue comme si c'était un grand cru, et pousse un soupir de soulagement. Il prend un ton très convaincu pour dire :

— Voilà, c'est fait. Ah! ça fait du bien, j'avais une de ces soifs. Ça va mieux maintenant. Vous devriez essayer vous autres aussi. Goûtez-y, vous verrez elle est très fraîche... Allez, du courage, ça ne vous empoisonnera pas.

— Qu'est-ce que tu en sais? demande Niam.

Elle n'a pas plus tôt dit ces mots que Glou se plie en deux, en poussant un long gémissement. Les autres le regardent, inquiets. Mais Glou se relève aussitôt en éclatant de rire :

— Je vous ai bien eus, hein! C'était juste une farce. Cette eau est très bonne.

— Moi, je ne trouve pas ça drôle, dit Rogne.

— Tu parles comme Moa, réplique Glou. Oh! et puis faites donc ce que vous voulez, je ne vais pas vous forcer à boire tout de même.

Personne ne suit l'exemple de Glou mais les compagnons emportent leurs boîtes pleines à la *cavernale*. Ils y retrouvent Moa qui n'avait pas voulu les accompagner. Elle prend son ton le plus naïf pour demander :

— Et puis cette eau, elle est bonne?... Rien qu'à voir votre air, je devine que c'est un délice. Dire que je ne peux pas y goûter parce que, moi, il me reste du jus. Il faut...

— Oh, tais-toi donc! lui lance Rogne.

— Oulala! je vois que les humeurs sont aussi fraîches que l'eau, reprend Moa. C'est entendu, je ne dis plus rien.

3

LA SOIF A BIENTÔT RAISON DE LA
résistance des compagnons. Malgré leur
dégoût, ils se mettent tous au régime
d'eau de caverne, même Moa. Ayant
épuisé ses réserves de jus, elle se voit
obligée de boire l'eau prise dans les
cuvettes de la grande salle humide qu'ils
ont nommée : la *citerne*. Ce qui leur ré-
pugne surtout, c'est le fourmillement des
cavernicoles dans l'eau qu'ils vont boire.
Pour trouver un semblant de solution, les
compagnons établissent des corvées
d'eau: deux, trois compagnons se rendent
à la *citerne* et remplissent les boîtes de
tout le monde. Puis c'est le tour d'autres
compagnons. Bien sûr, ce n'est pas

33

idéal : il y en a toujours un qui découvre une bête dans sa boîte ou qui trouve qu'il n'y a pas assez d'eau ou qu'il y en a trop. Mais ce système permet à ceux qui restent à la *cavernale* d'oublier quelque peu les cavernicoles qui circulent dans la *citerne*.

Maintenant que le problème de l'eau est plus ou moins réglé, celui de la nourriture se pose de jour en jour de façon plus cruciale. Les compagnons ont encore diminué les rations, certains ne mangent plus qu'une fois par jour. Malgré cela, les provisions baissent à vue d'œil. À son habitude, Glou essaie de plaisanter pour atténuer l'angoisse :

— On pourrait vivre sur notre graisse, comme les ours quand ils hibernent.

— Notre graisse! Quelle graisse? s'indigne Moa. Moi, je n'ai plus que la peau sur les os. Je suis sûre que j'ai perdu au moins cinq kilos depuis qu'on est ici.

— Cinq kilos, dit Rogne, mets-en! On a dû perdre chacun huit à dix kilos, assuré! Il commence à être temps que des secours arrivent parce qu'avec un régime pareil, ils risquent de ne plus trouver qu'un paquet d'os... Et naturellement le danger n'est pas encore passé, n'est-ce pas Ariane? Ça fait combien de temps qu'on est dans ce cauchemar? Quinze jours au moins!

— Aujourd'hui, c'est le douzième jour, affirme Moa, après avoir vérifié à sa montre.

— Ça fait douze jours, reprend Rogne, et aucun secours n'est encore arrivé jusqu'à nous! Qu'est-ce que tu dis de ça, Ariane?

— On dirait que tu cherches à me faire sentir coupable, répond Ariane. Ne comprends-tu pas que, justement si aucun secours ne vient, ça prouve qu'il se passe de drôles de choses à la surface. Si tout était normal, ça fait plusieurs jours déjà qu'on serait venu nous secourir... J'ai douté de moi, au début, j'ai cru que j'étais devenue folle. Mais plus le temps passe, plus je me dis que si on ne vient pas nous chercher c'est qu'il y a un empêchement grave. Et puis, cette impression de danger ne me laisse aucun répit, il n'y a plus le même degré d'urgence que le premier jour mais ça ne s'efface pas, c'est toujours là.

— Est-ce que tu sais au moins ce que c'est, ce danger, maintenant Ariane? demande Niam.

— Oh, Niam! ça fait vingt mille fois déjà que je le répète : je ne sais pas ce que c'est. Qu'est-ce qui pourrait bien nous menacer? Il n'y a qu'à allumer la radio ou lire un journal pour trouver des tas de raisons d'être inquiets. Il y a tant de choses dangereuses autour de nous. Laquelle s'est déclenchée, je ne le sais pas.

Ainsi donc, Ariane est maintenant certaine de la réalité du danger, quel qu'il soit. Elle n'a même pas besoin de mettre dans sa voix des ondes particulières de persuasion, la possibilité d'une catastrophe est trop vraisemblable, et le retard des secours trop inexplicable pour que ses compagnons doutent encore de la présence d'un danger qu'elle est seule à sentir.

Si les compagnons doivent s'en sortir, c'est par leurs propres moyens et seulement au moment où Ariane sentira qu'il n'y a plus de danger. Pour le moment, ils sont coincés sous terre. Et cette réclusion peut durer longtemps. Il leur faut trouver de la nourriture sur place, comme ils ont trouvé de l'eau. Il y a une source de nourriture bien évidente mais personne n'ose être le premier à en faire la suggestion. Ça semble tellement être tiré tout droit d'un film d'épouvante. Glou préfère plaisanter :

— Et si on tirait à la courte paille pour savoir qui sera mangé. Ah! c'est vrai, on n'a pas de paille... Heureusement qu'on connaît la chanson par cœur : on sait que c'est le plus petit qui doit être mangé. Biba! je suis désolé, ce n'est pas moi qui ai inventé cette chanson. Je suis vraiment désolé...

Glou attrape Biba par un bras et, avec force grognements, il entreprend de le tirer à lui. Biba crie. Sept proteste parce que c'est son frère. Moa se plaint parce que Glou tire Biba sur ses jambes. Glou lâche Biba et dit en riant :

— C'est une farce, voyons! Vous ne croyiez tout de même pas que j'allais manger Biba... il est bien trop maigre.

— C'est pas drôle, ronchonne Rogne.

— Non, c'est pas drôle, s'exclament les autres en chœur.

— Comment peux-tu faire des farces aussi idiotes quand on est à la veille de mourir de faim? continue Niam.

— D'accord, d'accord, dit Glou, si on n'a même plus le droit d'essayer de rire...

— On se tord de rire, dit Rogne. Ahahah, tu devrais faire une carrière de comique. Ah ah ah.

— Moi, je la trouve tout à fait stupide cette farce, dit Moa.

— O.K., dit Glou, pas besoin de me lancer des œufs pourris.

— Et ne parle pas d'œufs! s'écrie Niam.

Cette simple discussion les a épuisés. Les compagnons sont sans énergie, ils dorment de plus en plus. Quand ils sont éveillés, ils évitent autant que possible de bouger pour ménager leurs énergies. Mais les problèmes ne disparaissent pas pendant leur sommeil. Bientôt, il ne leur reste absolument plus rien à manger. La moindre miette de biscuit a été soigneusement dégagée des replis des sacs, la moindre parcelle de chocolat a été léchée dans le creux de la main, même le trognon des fruits a longuement été sucé et mastiqué.

— Puisqu'on n'a plus rien, il va falloir manger les bêtes de la *citerne*, dit Ariane dans un murmure.

Ça y est, cette fois c'est dit! Bien sûr que, pour conserver leur vie, les animaux se nourrissent d'autres vies depuis que le monde est monde. Mais ces formes de vie que sont les cavernicoles leur paraissent vraiment trop répugnantes. Ce qui est le pire, c'est que les compagnons savent parfaitement qu'ils vont en arriver là. C'est comme pour l'eau : ils ont eu la nausée, ils se sont révoltés, ils ont essayé de s'en passer; rien à faire, ils sont obligés d'en boire s'ils ne veulent pas mourir de soif. Il n'y a pas d'échappatoire possible : ils doivent se servir de ce qu'ils ont à portée de la main, ou disparaître. Ils devront donc se résigner à avaler des cavernicoles.

Les compagnons n'ont pas le choix : ils se rendent dans la *citerne* pour faire la chasse aux cavernicoles. Ariane balaie d'un jet de lumière les eaux grouillantes de la haute salle. Les bêtes se précipitent en une cohue rebutante, pour échapper à la clarté. Ariane saisit une pâle écrevisse, en évitant les pinces. Ariane doit faire un sérieux effort pour ne pas lâcher la bête quand celle-ci commence à agiter fébrilement pattes et pinces.

— Je ne pourrai jamais avaler ça, dit Niam d'une petite voix étranglée.

Les compagnons fixent la bête qui se débat désespérément entre les doigts d'Ariane. À son tour, Glou plonge la main dans l'eau à la poursuite d'une écrevisse. Ariane dit, avec le plus de conviction qu'elle peut dans les circonstances :

— Ces bêtes ont l'air de fantômes. Ça ne doit rien goûter du tout des fantômes. Mais il vaut mieux ne pas les regarder de trop près, à cause des pattes. Moi, j'ai trop regardé celle-ci, je ne serais pas capable... Qui la veut?

— Donne-la à Sept, dit Glou. C'est un fantôme, un spectre pour Sept.

Ariane tend l'écrevisse à Sept. Celle-ci veut la saisir mais son geste est hésitant et, comme la bête touche sa main, Sept la laisse tomber par terre avec un petit cri.

— Ce n'est pas grave, dit Glou, une de perdue dix de retrouvées. Vous n'avez qu'à faire votre choix, messieurs dames, les quantités sont illimitées.

Les compagnons sont devenus, non sans répugnance, des troglodytes* à part entière. Ils vivent des ressources de ce royaume souterrain, petites parcelles de vie prisonnières du rocher. Tout autour d'eux, il n'y a que le rocher : pierres traîtresses qui roulent sous le pied; dure pluie de pierres qui se détachent des parois et de la voûte; roche contre laquelle on se cogne, on s'écorche, on s'use les coudes et les genoux; roche glissante, gluante, suintante; roche dure et froide comme une tombe.

Le temps semble ne pas passer. Par moments, les compagnons parlent trop, pour rester en contact avec les autres et oublier le froid, l'humidité, l'obscurité, la peur, les nombreuses peurs. À d'autres moments, les compagnons se taisent trop. Pour les distraire, surtout à l'heure des repas de cavernicoles, Ariane leur raconte des histoires : «Les aventures d'Ozil», par exemple.

---

* Troglodytes : habitants d'une demeure souterraine.

4

Les aventures d'Ozil :

OZIL VIVAIT SUR LA PLANÈTE SIRCON. Elle appartenait à l'espèce la plus évoluée de Sircon, l'espèce chantante. Pour communiquer entre eux, Ozil et ses semblables ne parlaient pas, ils chantaient. Pour ce qui est de son apparence, je dirais qu'Ozil était très belle, elle ressemblait assez aux Elfes terrestres. Je dis «elle ressemblait» mais je pourrais aussi bien dire «il ressemblait» : les Sirconiens n'étaient pas divisés en mâles et femelles, ils se reproduisaient autrement. Ainsi, les Sirconiens de la même espèce qu'Ozil se multipliaient grâce aux arbres Utrus. Ils n'avaient qu'à déposer sur le fruit d'un arbre Utrus un peu de Sopra, ce liquide spécial secrété par leurs cordes chantantes. Le fruit grossissait, mûrissait et s'ouvrait pour permettre au nouveau-né d'apparaître à la lumière.

Au moment où commence cette aventure, Ozil vivait encore près de l'arbre Utrus qui lui avait donné naissance. Mais, depuis peu, une idée fixe la hantait : Ozil voulait partir à la recherche de son double, son âme-sœur tant de fois célébrée dans les chants anciens. Cette âme-sœur était l'être dont la voix formerait une harmonie parfaite avec la sienne. Ozil avait atteint l'âge où, pour être pleinement heureuse, il lui fallait trouver l'âme-sœur. Ozil se mit donc en route pour la Gaude, cette région de Sircon où vivaient les âmes-sœurs de son espèce.

Ozil devait d'abord traverser un désert. C'était une étape dangereuse car y rôdaient des êtres de cristal. Plusieurs amis d'Ozil avaient été capturés par les êtres de cristal. Les malheureux captifs avaient été conduits au palais de Quartz et enfermés dans des cages dont les parois amortissaient les sons, les rendant supportables pour les êtres de cristal. Les prisonniers devaient chanter jusqu'à épuisement total, pour divertir le Maître de cristal. Ozil ne voulait pas connaître pareil sort. Tout en avançant dans cette région dénudée, elle restait sur le qui-vive.

Ozil se sentait épiée : elle devinait la présence de plusieurs êtres de cristal mais ne pouvait les voir. De plus, elle luttait contre la somnolence qui l'envahissait lentement. «Comme la Soleil est chaude ici. Elle brûle sans pitié!» pensait Ozil. *La* Soleil, c'est ainsi que, dans leurs chants traditionnels, les Sirconiens nommaient l'astre qui éclaire leur planète. Ozil, accablée de chaleur, s'allongea à l'ombre d'un rocher. Ne voyait-elle donc pas les êtres de cristal s'approcher? N'entendait-elle pas au moins leurs pas crisser sur le sable? Ozil ne bougeait pas et les êtres maléfiques resserraient leur piège. Mais ceci n'avait été qu'une ruse : bondissant sur ses pieds, Ozil lança un chant vibrant. Elle avait repéré chacun des êtres transparents. Se tournant vivement de l'un à l'autre, elle lança la note exacte qui, touchant ses agresseurs, les fit éclater en mille morceaux.

Peu après, Ozil atteignit une région couverte de buissons. Elle se frayait hardiment un passage à travers les touffes d'arbustes piquants quand elle aperçut soudain des Sisss lovés sur plusieurs buissons. Quelques-uns avaient remarqué sa présence et dardaient déjà vers elle leur gueule garnie de crocs mortels. Ozil réagit immédiatement : elle se mit à chanter un air velouté et tranquille qui charma les Sisss. Et c'est ainsi qu'elle réussit à traverser les broussailles.

Ozil continua son chemin. Elle se retrouva sur un haut plateau recouvert de glace. Elle avait fait à peine quelques pas qu'elle sentit le froid lui mordre les pieds. Le froid montait, gagnant les jambes puis le ventre. Ozil devina ce qui la menaçait : si le froid atteignait sa gorge, elle deviendrait muette. Il n'y aurait plus moyen pour elle alors de trouver son âme-sœur. Venant d'une région chaude, Ozil ne savait que faire. Affolée, elle se mit à courir. C'était justement ce qu'il fallait faire : elle sentit une bienheureuse chaleur l'envahir. Mais le bord du plateau était encore loin. Elle qui était un être de grâce et non de force ne pourrait continuer longtemps à courir. Elle trébucha et tomba, le visage dans la neige. Son regard se brouilla. Elle ne voulait pas abandonner à quelques pas du but. Elle voyait maintenant la fin de la surface glacée. Elle se mit à ramper, écorchant ses belles mains aux aspérités du terrain. Mais elle ne s'en souciait pas. Enfin, couchée au bord du plateau glacé, elle put contempler le paysage magnifique qui se déroulait sous elle. Elle était arrivée en Gaude.

Elle descendit l'autre versant du plateau et se vit offrir l'hospitalité. Elle reprit vite des forces et commença sa tournée de Gaude. Après bien des chants solitaires, elle rencontra Narte, son âme-sœur. Désormais, Ozil pouvait puiser dans le répertoire des chants d'amour. Leur duo ravit tous ceux qui l'entendirent, et Ozil ramena Narte près de son arbre Utrus.

Ariane vient de terminer le récit des aventures d'Ozil. Ceux qui restent éveillés sont aussi immobiles que les dormeurs. C'est un moment de profond silence. Soudain, la voix de Niam monte dans le noir :

— Vous avez entendu ce bruit?

— ...

— Glou! tu as entendu ce bruit?

— Non, dit Glou.

— Là, l'as-tu entendu?

— Lala lalaire, non, je n'ai rien entendu, dit Glou.

— Écoute comme il faut, ah! on l'entend encore... As-tu entendu cette fois?

— Niam, laisse-nous tranquille avec ton bruit! s'écrie Moa. Moi, je veux dormir. Il n'y a aucun bruit à entendre, aucun.

— C'est peut-être ton estomac qui parle, dit Glou. Il a l'habitude d'être mieux traité, il proteste. Il a faim, alors il dit : «Niam, donne-moi à manger ou je fais la grève de la faim.» Ce qui ne changerait rien à rien.

— J'entends un bruit, dit Niam, et ça ne vient pas de mon estomac. Je veux savoir ce que c'est, je veux en avoir le cœur net... C'est peut-être quelqu'un qui vient nous chercher?

— Oh non, Niam! s'exclame Moa, ne commence pas des histoires comme ça! Si tu as des hallucinations, garde-les pour toi. Moi, je trouve qu'on en a assez avec celles d'Ariane.

— Toi, Ariane, est-ce que tu l'entends mon bruit? demande Niam.

— Non, je n'entends rien, dit Ariane, c'est bizarre! Est-ce que tu sais d'où ça vient?

— Non, mais ça me tente de chercher, dit Niam... on pourrait peut-être y aller toutes les deux. Ça ne doit pas être si loin de la *cavernale* en tout cas, puisque je l'entends. On y va?

— Je viens avec vous, dit Glou. On manque d'exercice de ces temps-ci. J'ai le goût de bouger puis de m'aérer un peu.

Les trois explorateurs sortent de la *cavernale*. Ils sont ankylosés après leurs longues périodes d'inaction dans l'humidité. Ils font quelques mouvements pour rétablir la circulation du sang dans leurs jambes et pour assouplir leurs genoux. Ils poussent involontairement des petits cris de douleur.

— On est en train de se rouiller, constate Glou. On ne bouge pas assez.

Les premiers pas sont très douloureux : ils ont les muscles des jambes tendus et les genoux raides. Ça s'améliore légèrement à mesure qu'ils s'éloignent de la *cavernale*. Ils suivent Niam dans la galerie qui passe juste devant la *cavernale*. Ils descendent la pente. Ils ne sont jamais allés bien loin dans cette direction parce que la galerie s'enfonce dans le rocher en pente très nette et ça n'intéresse aucun d'eux d'aller encore plus au creux de la terre. La progression des trois explorateurs est facile : le sol est relativement lisse et la galerie est large; par moments, ils peuvent même avancer tous les trois de front. Ils pourraient avancer rapidement, si ce n'étaient leur grande faiblesse et la raideur de leurs muscles. Puis, Ariane s'arrête :

— Il faudra se rappeler qu'on a tourné d'abord à droite puis à gauche. Avec le tunnel qui s'ouvre, là, j'ai peur qu'on se perde. Vous n'avez pas quelque chose dans vos poches? Quelque chose qu'on pourrait laisser pour se faire une piste.

— À part la lampe de poche..., dit Glou.

— Hé, que tu es stupide! dit Niam, on ne va sûrement pas laisser une lampe de poche, voyons donc.

— Je n'ai rien, moi non plus, dit Ariane. Ça n'est pas grave, je vais ramasser des petites roches et faire un tas pour marquer notre chemin.

— On va jouer au Petit Poucet, rit Glou.

Ariane s'accroupit pour ramasser des cailloux avec lesquels elle dessine vaguement une flèche.

— Comment est-ce que tu fais pour te pencher comme ça? demande Glou. J'ai l'impression que mes genoux vont craquer si je les plie. Ça ne te fait pas mal?

— Oui, ça me fait mal, dit Ariane. Le truc, c'est de ne pas y faire attention.

S'il ne faisait si sombre, Ariane apercevrait quelque chose de nouveau dans le regard que Glou pose sur elle.

Chaque fois qu'il y a risque de s'égarer, Ariane construit une flèche de pierres. Ils se sont déjà butés à deux culs-de-sac, mais cette fois ils semblent sur la bonne voie. La galerie, après avoir cheminé vers la gauche, revient maintenant vers la droite en remontant nettement. S'ils peuvent se fier à la vague notion d'orientation que ça leur donne, les explorateurs sont en train de se rapprocher de la *cavernale*, après un long détour.

La galerie débouche enfin dans une caverne. Elle ressemble beaucoup à la *citerne* : de fines stalactites pendent de la voûte et de nombreuses stalagmites bossellent le sol. Dans la caverne, il y a un lac. Et dans le lac, il y a des poissons. Les trois explorateurs s'asseyent au bord du lac, étendant leurs jambes éreintées. Ils sont épuisés, épuisés mais heureux. Ces poissons représentent une source inespérée de nourriture. Dans le rayon de la lampe, un poisson plonge : sa queue fouette l'eau, créant des remous.

— Voilà! Ça doit être ça les bruits que j'entendais, déclare Niam.

— Tu as l'oreille drôlement fine, dit Glou.

— J'ai surtout l'estomac drôlement vide, tu veux dire, répond Niam... Il faut que j'attrape un poisson. J'ai hâte de prouver à Moa que je n'ai pas d'hallucinations.

Niam plonge une main dans l'eau et la laisse immobile mais elle dit :

— Brr, c'est glacial!

Les poissons ne semblent nullement perturbés par la présence de nos amis : ils continuent à nager comme si de rien n'était. L'un d'eux se dirige même franchement vers la main de Niam. Comme il passe à sa portée, Niam le saisit et le tient fermement. Elle ne va certainement pas lâcher une telle prise, pas avec un estomac qui crie famine. Niam sort de l'eau le poisson qui se tortille et l'éclabousse. Elle éclate de rire. Le cri joyeux retentit bizarrement dans la salle, faisant voler en éclats de fines concrétions. À leur tour, Ariane et Glou pêchent des poissons.

Le retour à la *cavernale* est un triomphe. Jamais mets ne sembla plus délectable aux compagnons que ces poissons visqueux. Rogne ne réussit même pas à diminuer leur joie en disant :

— C'est bien beau d'avoir du poisson mais on n'a rien pour le faire cuire.

— On n'a pas besoin de cuire les poissons, répond Niam, on peut les manger crus. Les Japonais le font bien, j'ai vu ça dans *Shogun*. Si les Japonais le font, on peut le faire nous aussi. Après les bibittes, ça va être un délice.

— Moi, je mangerais n'importe quoi au lieu des bibittes, dit Moa. Et puis le poisson, c'est excellent pour la santé.

J'ai déjà lu que ça stimule les cellules du cerveau. Quand je pense que c'est fini les repas de bibittes, moi, j'en reviens pas! S'il faisait juste un peu plus chaud et si on pouvait se laver, ce serait presque le bonheur.

Les compagnons mangent des bouchées de poisson. Ils sentent le circuit de leur sang répandre la chaleur dans tous leurs membres, à partir de leur estomac satisfait.

Les compagnons fabriquent un filet avec un tee-shirt, ce qui leur permet de pêcher des quantités suffisantes de poissons sans se glacer les mains. Les compagnons reprennent des forces, ils en reprennent même assez pour que Glou leur dise :

— Il faut se tenir en forme. Hop hop! un peu d'exercice ne vous fera pas de tort, au contraire. Allez Niam, hop, hop! un petit effort, sinon tu redeviendras aussi boulotte qu'avant.

— Oh! dit Niam, offusquée.

— Ce que tu peux être fatigant avec tes «hop hop!», se plaint Rogne.

— Allons! remuez-vous, camarades, reprend Glou. Bougez au moins les

jambes: on plie...aïe...on étend; hop...
hop... Vous verrez ça vous dérouillera,
hop hop hop!

— Faites-le taire, quelqu'un! crie Moa.
S'il continue ses «hop hop», moi, je
pique une crise!

Glou réussit néanmoins à gagner des
adeptes à ses exercices quotidiens. Il faut
dire que son meilleur argument ne laisse
personne indifférent : s'ils ont la chance
de sortir un jour des cavernes, il leur faudra être en forme pour faire le trajet
jusqu'à l'extérieur.

5

LES COMPAGNONS ONT PRIS DES habitudes dans leur domaine souterrain. Il leur arrive même d'apprécier les améliorations obtenues dans ce milieu hostile. Et voilà qu'un brusque bonheur survient et flambe comme un feu de joie. Ariane leur a dit :

— J'ai une grande nouvelle à vous apprendre : le danger est passé. (Elle attend que les exclamations s'atténuent puis elle continue.) Depuis quelques jours, l'impression de danger avait diminué mais je n'osais pas vous en parler pour ne pas vous donner de faux espoirs. Et puis, depuis hier, plus rien! Toute mon angoisse a disparu. Le signal rouge s'est éteint en dedans. L'alerte est passée, on dirait. On va pouvoir sortir d'ici.

Le bruit est assourdissant dans la *cavernale* : les compagnons parlent tous en même temps, des rires écument à leur bouche, ils tremblent d'empressement. Une frénésie les prend : ils ne veulent pas rester un moment de plus sous terre. Ils rassemblent leurs maigres bagages, roulent leurs sacs de couchage et se préparent à l'expédition de remontée, lampe au poing. Quand ils sont tous regroupés dans la galerie, au moment de quitter la *cavernale*, ils s'étonnent de ressentir un pincement au cœur : aussi incroyable que cela paraisse, ils s'y étaient attachés.

Les compagnons s'enfoncent dans la galerie qui, espèrent-ils, les ramènera sur le chemin du retour. Ils avancent lentement, malgré leur ardeur, petit groupe pitoyable aux gestes raides. À chaque carrefour de galeries, Ariane trace soigneusement une flèche de pierres. Se guidant sur l'inclinaison et la direction des galeries, les compagnons marchent longtemps sans tenir compte des limites de leurs forces.

— On ne doit plus être loin de la grotte aux chauves-souris, dit Ariane. On sent l'odeur jusqu'ici. Vous vous souvenez?

Non, les compagnons ne se rappellent pas cet épisode de leur fuite asservie à la voix d'Ariane. Ariane leur raconte ce dont elle se souvient de la caverne au sol couvert de guano. Les compagnons redoublent d'ardeur. Ils savent au moins qu'ils sont dans la bonne direction. La sortie n'est pas très loin, elle est à portée de pas. Un dernier effort et ils en auront fini de leurs misères.

Mais il est dit que les choses ne seront pas aussi faciles pour les compagnons. Ils se heurtent à un obstacle imprévu: soudain, le rayon de la lampe éclaire un éboulis. Les blocs de rochers obstruent complètement la galerie, interdisant le passage.

— Mais, qu'est-ce que c'est ça? demande Rogne, indigné. Ariane, peux-tu me dire comment on va faire pour aller dans ta grotte à chauves-souris, avec ce tas de roches?

— Je ne comprends pas, dit Ariane, perplexe.

— Les roches ont dû tomber après qu'on est passés, dit Sept. Ou bien ce n'est pas le bon tunnel.

— Il me semblait pourtant, dit Ariane, que je reconnaissais certains détails qui m'avaient frappée pendant notre fuite. Par exemple, quand on est passés près du grand trou... Mais ça se peut que je me sois trompée. Ce n'était peut-être pas ce tunnel-ci. Il va falloir retrouver le bon.

— Retrouver le bon! s'écrie Moa. Oh! moi je n'en peux plus. Je serais incapable de faire un pas de plus. S'il faut fouiller tous les tunnels pour trouver la sortie, laissez-moi d'abord me reposer.

Moa n'est pas la seule à se sentir à bout. Cette halte forcée leur fait prendre conscience de leur épuisement. Ils s'asseyent contre l'éboulis, allongeant avec précaution leurs jambes endolories. Au bout d'un moment, Ariane n'y tient plus :

— Restez ici, dit-elle. Reposez-vous, je vais aller à la recherche du bon tunnel.

— Tu vas te perdre si tu y vas toute seule, dit Glou.

— Avec toutes les flèches que j'ai mises, je retrouverai mon chemin, dit Ariane.

— Si je n'étais pas si fatigué, j'irais avec toi, dit Glou. Mais mes jambes refusent de faire un pas de plus. Il n'y a pas quelqu'un qui serait assez en forme pour accompagner Ariane? On ne peut pas la laisser partir toute seule.

— Je me débrouillerai, je te dis, répond Ariane. Je vous ai emmenés sous terre, je vous en sortirai.

— Je vais avec toi, décide Sept, je peux encore marcher.

Les deux filles s'éloignent. L'écho de leurs pas résonne longtemps après qu'elles ont disparu aux yeux des compagnons éreintés. Quand elles reviennent, c'est aussi la résonance de leurs pas que les compagnons entendent en premier. Puis ils voient au loin l'éblouissement de la lampe d'Ariane. Glou se lève et fait des signaux avec sa lampe. Ont-elles trouvé un passage? Les compagnons devinent la réponse : si Ariane et Sept avaient trouvé la sortie, elles auraient joyeusement crié la nouvelle de loin. Leur silence et leur lenteur en disent assez long.

— Je ne m'avoue pas vaincue, dit Ariane, un moment plus tard. Je m'avoue fatiguée mais pas vaincue. Je vous sortirai d'ici!

Ariane examine l'éboulis de près, cherchant la faille. Il n'y a pas d'espace sur les côtés pour se glisser entre l'éboulis et les parois. Ariane grimpe sur des blocs écroulés pour essayer d'atteindre de son rayon lumineux le haut de l'éboulis. Peine perdue, c'est trop loin! Glou suggère :

— Je vais prendre Biba sur mes épaules, il verra s'il y a assez d'espace au-dessus du tas pour qu'on puisse se glisser dans la grotte aux chauves-souris.

Aussitôt dit, aussitôt fait. Biba éclaire le sommet de l'éboulis. D'en bas, des voix anxieuses questionnent :

— Puis? Qu'est-ce que tu vois?

— ...Je ne vois rien que de la roche. Il n'y a pas de place pour passer, c'est tout bouché.

Biba redescend. Plus un mot n'est dit. Les compagnons ruminent la terrible évidence : ils sont prisonniers du réseau souterrain. Ariane n'a pas besoin de les voir pour comprendre que les compagnons sont à bout de courage. De longues respirations humides et des reniflements se font entendre dans le noir.

Ariane se laisse aller contre le rocher : elle n'a plus envie de lutter. Elle se sent devenir froide et dure comme la pierre. Elle s'engage sur les chemins les plus sombres et les plus désolés de son esprit, là où aucun espoir n'est permis. Ariane se laisse couler dans l'eau noire de la détresse : ils n'en sortiront jamais, autant mourir tout de suite et devenir une chose aussi insensible que la pierre. Ne plus souffrir mais s'enfuir sur les chemins ténébreux qui débouchent chez la mort. Ariane reste longtemps comme morte puis quelque chose la rappelle des lieux obscurs où elle désespérait; quelque chose de vivant et de familier : la main d'un compagnon. Et la voix de Sept vient, dans un souffle chaud, se glisser dans son oreille :

— Ariane! Qu'est-ce que tu as? Tu ne nous abandonnes pas, hein? Tu vas trouver un moyen de sortir d'ici?

Ariane presse la main trop légère contre sa joue glacée et retrouve assez de force pour mettre de l'assurance dans sa voix :

— Ne t'en fais pas, Sept, je vais trouver une autre sortie.

Ariane élève la voix pour être entendue de tous. Elle réussit à la charger d'ondes fortes pour secouer les compagnons :

— Il faut retourner à la *cavernale*. Ça ne sert à rien de rester ici. On trouvera une autre sortie, vous verrez, on trouvera.

Les compagnons reprennent lentement le chemin de la *cavernale*. Ils retrouvent les flèches de pierres construites par Ariane. Ça leur prend un temps infini pour refaire le trajet à rebours, seule la perspective d'être séparé des autres pousse chacun à continuer d'avancer.

Sans enthousiasme, ils retrouvent la routine de leur vie cavernicole. Il leur revient un peu d'espoir cependant car, plus haut dans la galerie qui passe devant la *cavernale*, se trouve un éboulis semblable à celui qui bouche la sortie par la caverne aux chauves-souris. Ils pourraient peut-être libérer un passage dans l'amas de rochers. Éboulis pour éboulis, autant s'attaquer à celui qui est le plus proche de leur refuge. La galerie monte à cette hauteur-là. Peut-être mène-t-elle à une sortie autre que celle par laquelle ils sont arrivés? Pour s'en assurer, il faudrait pouvoir dépasser l'éboulis.

Les compagnons s'attaquent à la masse de blocs. Ils enlèvent les petits cailloux, le sable et les autres débris pour commencer. Puis ils essaient d'enlever quelques blocs saillants. Ils se disent que, s'ils réussissent à arracher quelques grosses pierres, cela créera un déséquilibre et que le tas s'écroulera, dégageant le passage. Mais les pierres sont solidement coincées les unes sur les autres. Ils s'escriment à tirer sur les blocs, rien ne bouge. Le seul résultat obtenu c'est que Rogne reçoit une pierre sur le pied. Après cet incident, ils sont plus prudents mais pas plus chanceux. Cependant, ces essais ont du bon: ils tiennent les compagnons occupés et les empêchent de se désespérer entièrement. Ça leur donne l'illusion qu'il va se passer quelque chose.

Et il se passe effectivement quelque chose. Par chance, ce jour-là, les compagnons sont tous à l'intérieur de la *cavernale*. Glou entend un bruit qui se gonfle en sourdine sous le bruit des conversations.

— Écoutez! crie-t-il, c'est de l'eau. Il y a beaucoup d'eau qui coule dans la terre. Il doit y avoir un orage là-haut.

Au même moment, un vacarme épouvantable éclate dans la galerie longeant la *cavernale*. Ça siffle, ça gronde et rugit. Les compagnons se précipitent sur le seuil de leur refuge. Dans les rayons de leurs lampes, ils aperçoivent un formidable jaillissement d'eau. Mugissante, furieuse, l'eau sort de partout : elle gicle de la voûte, des parois; elle tourbillonne à toute vitesse dans la galerie. Les compagnons se font asperger, ils reculent dans la *cavernale*. La violence de l'eau est impressionnante, elle monte rapidement dans la galerie. Elle assaille bientôt le seuil de leur refuge et les compagnons comprennent le danger : s'il fallait que l'eau monte dans la *cavernale*, ils seraient noyés comme des rats. Il n'y a pas d'autre issue que l'entrée et il n'y a ni corniche ni saillie où se réfugier. Les compagnons surveillent anxieusement le seuil : l'eau atteint maintenant le sac de couchage de Niam. Celle-ci se précipite pour le tirer hors d'atteinte. Chacun roule son sac et le transporte dans le fond de la *cavernale* où ils empilent leurs affaires.

Avant peu cependant, le grondement de l'eau devient régulier puis il s'atténue. L'orage a dû cesser à la surface. L'eau se retire du seuil de la *cavernale*, les compagnons s'y avancent. L'eau coule maintenant en rivière tranquille, ne garnissant que le fond de la galerie.

Toute joyeuse, Moa retire bas et souliers. Elle trempe résolument ses pieds dans l'eau froide et encourage les autres à en faire autant. Ils se retrouvent tous dans le lit de la rivière. Sentir l'eau vive courir sur leur peau, c'est un plaisir qu'ils n'ont pas connu depuis bien longtemps. La galerie retentit pour la première fois de rires et de cris de joie. Niam poursuit Glou en l'éclaboussant. Ils s'éloignent hors du rayonnement des lampes. Alors qu'ils ont disparu dans le noir, les compagnons entendent soudain leurs appels. On se précipite à leur recherche mais eux, le sourire aux lèvres, accueillent les autres en disant :

— Alors! vous ne remarquez rien?

Aussitôt, Rogne s'écrie :

— Mais oui, le tas de roches a disparu!

Les autres regardent autour d'eux les parois illuminées par le rayon des lampes : ils ont remonté très haut dans la galerie, sans être arrêtés par les blocs de rochers. L'éboulis a disparu! Les pierres ont été emportées par la furie de l'eau. Les compagnons sautent et dansent, faisant jaillir mille éclaboussures. Alors que tout espoir semblait perdu de venir à bout de l'obstacle, celui-ci disparaît comme par enchantement.

Les compagnons ont remis sac au dos et espoir au cœur. Ils voudraient se retenir de trop espérer mais ils ne peuvent s'en empêcher. Ils ont l'impression qu'ils sont en marche vers la liberté. Dans la galerie, la rivière a rapidement réduit son débit puis elle s'est tarie. C'est un avantage pour les compagnons car la rivière les aurait gênés dans leur progression. Par contre, sur leur trajet vers la lumière, ils rencontrent d'autres obstacles: Niam manque tomber dans un puits, ils pataugent dans les plans d'eau de quelques salles, ils rampent dans une longue chatière au bout de laquelle ils se retrouvent couverts de boue. Mais ils vont toujours, volonté tendue, muscles raidis et vêtements alourdis de boue.

Soudain, ils s'arrêtent, sous le coup d'un enchantement : là-bas, sur la paroi, un poudroiement de lumière annonce le jour. C'est un pâle reflet, semblable à un mirage. Un souffle sur leur visage confirme la vision : ils sentent une haleine de vent, porteuse d'odeurs végétales. Une certitude les envahit comme une marée : ils touchent au but. Ils vont retrouver l'air libre, le soleil, le ciel bleu...

— Aaaaaah!

Moa crie de douleur. Elle s'est précipitée pour être la première hors de la galerie, oubliant que ses yeux ne sont plus habitués à une clarté vive. Au moment où elle surgissait dans la caverne d'entrée, la lumière l'a frappée en pleine figure. Moa se retourne vivement, le visage dans les mains. Elle crie aux compagnons qui la suivent :

— Mes yeux! Ça fait mal!... Ma tête va se fendre en deux. Aaaah!

— N'allons pas plus loin, dit Ariane. Nos yeux sont trop habitués à la noirceur, il faut leur laisser le temps de se réhabituer à la lumière du jour... Moa! ça va?

— Non, ça fait mal. Oh, Ariane! je suis aveugle! Je ne te vois pas, je ne vois plus rien. Je suis aveugle!

Moa ne retrouva la vue que bien des jours plus tard. Pour éviter pareil sort, les compagnons soumettent peu à peu leurs yeux à l'épreuve de la lumière. Ils se masquent le visage avec un bout de tissu. Ils restent assis, d'abord dans la galerie puis dans le fond de la caverne d'entrée. Et ils savourent le plaisir de respirer l'air libre, de se réchauffer et de sécher leurs vêtements après des semaines d'humidité froide. Ariane retourne quelques fois pêcher des poissons: ce serait trop stupide de mourir de faim si près de la délivrance. Petit à petit, les compagnons font glisser le masque de leurs yeux et, clignant de l'œil comme des oiseaux nocturnes, ils réapprennent à voir en pleine lumière. Leurs yeux chauffent et pleurent abondamment mais ils finissent par se réadapter à la lumière. Ils se regardent les uns les autres, apitoyés. Ils sont maigres à faire peur et tellement sales, la boue n'a épargné quasi que leurs yeux, des yeux rouges aux pupilles étrangement dilatées. Ils ont bien changé depuis le jour lointain où ils ont commencé cette aventure. Une aventure qui s'achève d'ailleurs car le moment est venu où ils sont tous prêts à sortir de la caverne.

6

G ROUPÉS SUR LE SEUIL DE LA
caverne, ils regardent le paysage comme
s'ils voyaient le monde pour la première
fois. Ils n'osent lever le regard vers le bleu
du ciel mais la caresse du soleil et les
odeurs du vent sont des plaisirs presque
trop intenses.

— Que notre planète est belle! s'écrie
Sept.

Mais une inquiétude vient se glisser
sournoisement au milieu de leur joie.
Maintenant que leur vue a fait la mise au
point, ils remarquent combien le paysage
est terne. De grandes plaques d'arbres
grisâtres rongent l'étendue de la forêt,
comme une lèpre. Que s'est-il passé? On

est en plein été et les arbres semblent morts. Ils ne sont pas dénudés mais leur feuillage est terni ou recouvert par une grisaille. Les compagnons regardent les buissons aux alentours : ils sont saupoudrés de poussière.

Sur le coup, les compagnons ne se posent pas plus de questions. Ils n'ont qu'une idée en tête : sortir des rochers et trouver un moyen de communiquer avec leurs parents pour les rassurer et leur demander de venir les chercher. Tant qu'ils ne seront pas installés confortablement chez eux, les compagnons ne seront pas sûrs que le cauchemar est terminé. Comme ils ne connaissent pas la région, ils veulent d'abord tenter de rejoindre la caverne du premier jour. Des secours les y attendent peut-être.

Les compagnons descendent des rochers et entreprennent de les contourner. Le parcours est envahi par une végétation broussailleuse et les compagnons perdent vite tout sens de l'orientation. Occupés qu'ils sont à se frayer un passage dans l'épais sous-bois, ils changent de direction sans s'en rendre compte. Par une trouée à travers les arbres, les compagnons s'aperçoivent tout à coup qu'ils s'éloignent de leur but. Ils ont tourné le dos aux rochers alors qu'ils croyaient les contourner.

— Oh non, on a marché tout ça pour rien! dit Moa. Moi, je ne peux plus mettre un pied devant l'autre.

Ils sont découragés. Ils restent sur place, tête baissée, tels des chevaux fumants d'effort. Mais ils n'ont pas le choix: il faut aller de l'avant. Ils doivent même se hâter car la journée est déjà avancée.

Comme ils changent de direction pour revenir vers les rochers, les compagnons tombent par hasard sur un sentier tracé dans la forêt. C'est plus qu'un sentier en fait, c'est une double trace de pneus. Après quelques discussions, les compagnons décident de suivre cette trace plutôt que d'essayer de rejoindre la caverne du premier jour. Les roues ont creusé de profondes ornières, la piste est nette; cela signifie qu'un véhicule passe régulièrement. Au bout de la piste, les compagnons trouveront certainement une habitation. Une folle excitation s'empare d'eux à l'idée qu'ils pourront enfin téléphoner à leurs parents. Ils en auront des choses à raconter!

La piste mène effectivement à une habitation. Il s'agit d'un chalet de bois rond, dissimulé parmi les arbres. S'ils n'avaient suivi la trace des pneus, les compagnons seraient probablement passés devant le chalet sans le voir. Le véhicule qui a creusé les ornières n'est pas là. Il n'y a aucun signe de vie, le chalet semble inhabité. Les compagnons jettent un coup d'œil par les fenêtres. L'intérieur est trop sombre, ils ne voient rien. Ariane s'est approchée de la porte. Par politesse, elle frappe et attend une réponse qui ne vient pas. Elle tourne la poignée: la porte n'est pas fermée à clé. Le propriétaire a sans doute trouvé inutile de prendre des mesures de sécurité dans un endroit aussi isolé. Les compagnons entrent lentement, comme si cette intrusion leur déplaisait.

Leur gêne ne dure pas longtemps. Ils ont aperçu la cuisine et bientôt, ils fouillent les armoires à la recherche de nourriture. Le propriétaire du chalet est quelqu'un de très prévoyant : il y a là de quoi nourrir les compagnons durant des semaines. Les armoires regorgent de provisions de toutes sortes : viande, jus, fruits et légumes en conserve, farine, riz, pâtes, sucre, etc. Les compagnons ouvrent chacun une boîte au hasard et s'installent le plus confortablement possible pour se régaler. Ils ne mangent pas grand-chose en fait parce que leur estomac, rétréci par les jeûnes, est vite rassasié. Ils s'endorment après quelques bouchées, le nez dans la boîte entamée.

Ils dorment d'une traite jusque tard dans l'après-midi du lendemain. La première chose qui leur vient à l'esprit en s'éveillant, c'est d'appeler leurs parents. Ils cherchent dans la cuisine et le salon du rez-de-chaussée, ils fouillent les deux chambres de l'étage, sans succès : il n'y a pas de téléphone. En fait, il n'y a aucun appareil électrique dans le chalet : ni téléphone, ni radio, ni téléviseur, ni cuisinière, ni réfrigérateur. Un poêle à bois sert à la cuisson et au chauffage. Sous le coup de la déception, certains compagnons parlent de repartir tout de suite mais les autres réussissent à les convaincre qu'il est préférable de rester dans le chalet quelques jours, le temps de reprendre des forces. Ils n'iraient pas loin dans l'état d'épuisement où ils sont. Ils doivent se reposer, manger à leur faim, boire à leur soif, avant d'entreprendre une nouvelle étape.

Puisqu'ils restent dans ce chalet, aussi bien prendre leurs aises. Les compagnons ressentent un urgent besoin de se laver. Dans le décor ordonné du chalet, leur saleté devient intolérable. Ils ne peuvent plus supporter leurs vêtements raidis de crasse, leurs cheveux collés, leur peau encroûtée de boue, leurs ongles longs et noirs. C'est à qui occupera la salle de bains en premier. Mais une nouvelle déception les attend : pas une seule goutte d'eau ne coule des robinets. Comme ils n'y connaissent rien en plomberie, ils ne savent pas ce qui fait défaut.

Glou résout le problème en découvrant un ruisseau non loin du chalet. Les compagnons remplissent d'eau les plus grosses casseroles qu'ils peuvent transporter. Ils allument un bon feu dans le poêle et font chauffer cette eau qu'ils vident ensuite dans la baignoire. Ça leur demande bien des voyages au ruisseau et à la recherche de bois à brûler. Ils y passent la fin de la journée. Mais chacun d'eux à son tour s'enfonce dans l'eau chaude comme dans un profond sommeil. C'est tellement bon qu'ils en ont les larmes aux yeux. Le soir, ils sont tous propres et ils se sont changés. Les vêtements boueux sont empilés dans un coin de la salle de bains. Certains avaient encore des vêtements de rechange : ils les ont mis. Les autres se sont habillés avec ce qu'ils ont trouvé dans les tiroirs des commodes et les garde-robes. Ça donne certains ensembles comiques mais personne n'a envie de rire. Ils songent maintenant avec délices au moment où ils s'étendront entre les draps frais.

Moa a déjà choisi sa chambre. C'est la chambre tapissée de papier fleuri : la plus grande et la plus belle évidemment. Ariane l'y rejoint, ainsi que Sept. Rogne s'installe dans la petite chambre bleue d'à côté. Glou visite les deux chambres : il préfère la fleurie lui aussi. Appuyé au chambranle de la porte, il constate :

— J'aime mieux cette chambre-ci, elle est plus belle que la bleue. Et puis elle est plus grande. On peut s'y tasser à plusieurs. Qui prend le lit et qui dort par terre?

— Hé! Glou... tu n'y penses pas? dit Moa.

— Je ne pense pas à quoi? demande Glou.

— Tu ne vas pas coucher dans la même chambre que nous? dit Moa.

— Pourquoi pas? Je me suis lavé, je suis aussi propre que toi, dit Glou.

— Mais... tu es un garçon, dit Moa.

— Et puis? demande Glou.

— Et puis, nous, on est des filles, dit Moa. Moi, je ne coucherai pas dans la même chambre que toi, ça ne va pas.

Glou ouvre de grands yeux. C'est vrai, ce sont des filles! Il n'y pensait plus, après tout ce qu'ils ont souffert ensemble. Il avait oublié les différences. Il n'y avait pas pensé une minute dans les cavernes alors qu'ils luttaient contre le froid, la faim, la soif et le découragement. Ils étaient juste des compagnons qui résistaient ensemble. Quand un compagnon se rapprochait de l'autre, c'était pour se réchauffer ou se réconforter dans le noir. Il n'y avait rien de plus derrière les gestes d'entraide. Mais maintenant c'est différent, bien sûr. Cette installation dans le chalet ressemble même assez à des vacances à la campagne.

Glou regarde les trois filles comme si elles étaient devenues des inconnues. Il regarde Ariane à pleins yeux et il est frappé pas sa saisissante beauté. Comment ne l'avait-il pas remarqué jusqu'ici? Il rencontre le regard d'Ariane et, dans l'instant, tout devient différent. Les yeux d'Ariane! Les iris sont deux pâles fleurs aquatiques sur l'eau magique de son regard. Glou y découvre un pouvoir plus puissant que celui de sa voix.

— Hé! Glou, tu as compris? demande Sept. Sois gentil, va dans l'autre chambre avec Rogne et Biba. On va déjà être assez tassées ici toutes les quatre, Ariane, Moa, Niam et moi.

Glou s'arrache à la contemplation d'Ariane. Il s'en va, plus aveuglé que Moa dans la caverne de sortie. Il a l'impression que le sol se dérobe sous ses pas, il titube comme un homme ivre.

Glou parti, les filles s'organisent : elles profiteront du lit chacune à leur tour. Bien sûr, Moa a obtenu de prendre le premier tour. Les autres filles s'installent sur des couvertures ou carrément sur le tapis de la chambre. Après avoir eu un plancher de grotte pour matelas, le tapis leur semble moelleux.

Le lendemain, les compagnons se lèvent de fort bonne humeur. Par les fenêtres entre une rassurante lumière. C'est une joie à laquelle ils ne sont pas encore habitués. Le soleil est de la partie. Par moments cependant, de brusques tourbillons de vent soulèvent la poussière en minces nuages et la déposent plus loin sur les arbres et les buissons du voisinage.

Les compagnons se divisent les tâches: Niam et Rogne s'occupent du repas; Moa, Sept et Biba emportent le linge sale pour le laver au ruisseau; Ariane fouille la maison à la recherche de cartes ou de toute autre chose susceptible de les aider à se situer. Glou reste étranger à toute cette agitation. Il a l'impression de flotter dans un espace insonore et intemporel où il est relié, comme par un cordon invisible, au moindre geste d'Ariane. Mais il n'ose pas lui parler, une étrange timidité le retient. Et

Ariane ne voit rien, comme il arrive à qui est aimé sans aimer en retour. Elle ne remarque ni la soudaine mélancolie de Glou ni ses regards envoûtés. Cependant, ces regards ne sont pas perdus pour tout le monde : Niam a vu le trouble de Glou et elle en souffre car elle l'aime. Il semble que l'Amour n'ait pas bien visé quand il a lancé ses traits.

Les compagnons passent encore la majeure partie de leur temps à dormir. Ils dorment et mangent et mangent et dorment. D'un sommeil à l'autre, d'un repas à l'autre, ils reprennent des forces. Ils sortent rarement du chalet parce que les nuages de poussière sont suffocants. Mais ce jour-là, après le repas, Glou sort pour trouver la solitude nécessaire à ses réflexions. Ça lui devient oppressant d'être dans le même lieu qu'Ariane sans pouvoir lui avouer ce qu'il ressent. Niam l'a suivi, mine de rien. Elle le rejoint près du ruisseau. Pendant un moment, ils s'amusent à jeter des cailloux dans l'eau puis Glou s'assied et, sans regarder Niam, il dit :

— Niam, je ne veux pas te chasser mais, tu sais, j'aimerais bien rester tout

seul. Je voudrais avoir la paix pour réfléchir, j'ai à penser…

— Je sais, tu veux penser à Ariane,
dit Niam tout en s'asseyant à côté de
lui.

Il tourne la tête, surpris, et demande
avec brusquerie :

— Pourquoi est-ce que je penserais à
Ariane?

— Parce que tu l'aimes.

— Même si c'était vrai, comment
pourrais-tu le savoir?

— Ça se voit… J'ai vu comment tu
la regardes quand elle ne te regarde
pas. J'ai vu aussi que tu ne lui parles
plus. Mais tu t'arranges toujours pour
t'asseoir à côté d'elle. Comme ça tu peux
la toucher sans qu'elle s'en rende
compte.

— Tu me surveilles! Si tu as vu tout
ça, alors tu as vu aussi qu'Ariane ne remarque rien. Elle fait autant attention à
moi que si j'étais… si j'étais son frère!
Ah! je ne sais pas quoi faire. Qu'est-ce
que je dois faire pour qu'elle me voie autrement?

— Ce n'est pas à moi qu'il faut demander ça!

Niam a répondu vivement. Quelque chose dans le ton de sa voix intrigue Glou. Il demande :

— Pourquoi est-ce que tu dis ça sur ce ton-là?

— ... parce que j'ai le même problème que toi : moi aussi je suis amoureuse, et il ne s'en aperçoit pas.

— Qui est-ce que tu aimes? Rogne?

— Rogne! Es-tu fou?

— Bien... Rogne, d'accord, il n'a pas un bon caractère, mais il n'a pas que des défauts. Il est intelligent et il ne se laisse pas facilement impressionner, puis...

— Je ne suis pas amoureuse de Rogne!

— Ce n'est quand même pas Biba?

— Le fais-tu exprès ou si tu ne comprends vraiment pas? C'est toi que j'aime, Glou, toi!

— Oh Niam, vraiment! Pourquoi est-ce que tu me dis que tu m'aimes puisque tu sais que j'aime Ariane?

— Si tu crois que j'ai le choix! As-tu le choix, toi, d'aimer Ariane ou de ne pas l'aimer?

Ils restent silencieux. Niam regrette maintenant d'avoir parlé. Subitement, elle

a peur d'avoir tout gâché. Elle voulait lui
ouvrir son cœur. Mais elle réalise qu'elle
a peut-être fait une terrible erreur. Elle
voulait partager quelque chose avec Glou,
quelque chose qui serait leur secret et
qui les rendrait complices. Elle n'est pas
sûre du tout que ce soit ce qui est en
train de se passer. Glou est trop obsédé
par Ariane : Ariane qui est forte, qui les
guide et les protège. Bien sûr que Glou
admire la force d'Ariane et qu'il est touché
par sa beauté aussi. Ariane est une femme
et une très belle femme même. Alors que
Niam a encore l'air d'une petite fille. Et
puis, Ariane est tellement spéciale avec
son pouvoir, ça la rend différente, mysté-
rieuse. Rendue à ce point de ses réflexions, Niam dit tout haut :

— Comment veux-tu que je lutte
d'égale à égale avec une fille qui possède
un pouvoir?

— Mais, je ne veux rien de toi. Je ne
veux surtout pas que tu m'aimes, je veux
qu'*Ariane* m'aime. Pourquoi est-ce que tu
lutterais avec elle?

— Je ne veux pas dire lutter, me
battre, mais avoir une chance que tu fi-
nisses par m'aimer un peu. D'ailleurs, ça

ne sert à rien que tu aimes Ariane, elle ne t'aime pas et elle ne t'aimera jamais.

— Comment peux-tu dire des choses pareilles? Ça, c'est ce que tu voudrais. Tu prends tes désirs pour des réalités, ma fille!

— Ne te fâche pas contre moi, Glou. Je dis qu'Ariane ne t'aime pas parce que je sais qu'elle a d'autres choses en tête que l'amour. L'amour, elle n'y pense pas pour le moment. Elle pense plutôt à nous sortir d'ici et à nous ramener à nos parents. Si tu savais comme elle se sent responsable de nous. Personne ne s'est plaint, pourtant elle s'en fait comme si ce qui nous arrive était de sa faute. Elle n'a vraiment pas la tête à penser à l'amour.

— Quand on aura appelé nos parents et qu'elle n'aura plus à s'inquiéter pour nous, peut-être qu'elle me verra avec d'autres yeux.

— Si un jour, Ariane a la tête à penser à l'amour, ce sera pour partir à la recherche de son âme-sœur, comme Ozil. Tu te souviens de cette histoire qu'Ariane racontait dans la *cavernale*? Ce n'est pas pour rien qu'elle avait inventé une histoire pareille. Ariane, elle attend de rencontrer son double.

— Tu as le don de m'encourager, il n'y a pas à dire! Tu te crois une spécialiste en questions d'amour? Alors, selon toi, elle ne m'aimera jamais? Avoue que ça ferait bien ton affaire!... Mais, écoute Niam, il ne faut pas que tu te fasses d'illusions : même si Ariane ne m'aime jamais, moi, je l'aimerai toujours!

Glou se lève et s'éloigne. Niam reste longtemps assise à regarder couler le ruisseau. Dans sa tête, la même petite phrase tourne sans cesse : «Je n'aurais pas dû lui parler! Je n'aurais pas dû lui parler!»

7

LES COMPAGNONS OCCUPENT LE chalet depuis huit jours : ils se sont reposés, ils ont repris du poids et retrouvé un peu de leur vitalité. Leurs jambes les font moins souffrir. Ils ne sont pas encore débordants d'énergie, mais ils se sentent prêts à reprendre la route. Ce jour-là, il n'y a pas de vent, les compagnons décident d'en profiter : ils ne veulent pas voyager dans les suffocants nuages de poussière. Dans le secret de leurs pensées, certains désireraient rester au chalet car ils craignent, en retrouvant leur vie ordinaire, de perdre l'objet de leur amour. En même temps, ils sont impatients de rejoindre leur famille.

C'est le départ. Les compagnons ont remis, autant qu'il était possible, le chalet dans l'état où ils l'avaient trouvé. Ariane a laissé un mot au propriétaire pour lui expliquer la situation. Elle a repéré le village de Saint-André sur la carte de la région. C'est le village le plus proche. Une route locale y mène directement. Les compagnons n'ont qu'à trouver cette route et la suivre jusqu'au village. Ils reprennent en sens inverse la piste des traces de pneus. Elle les mène à un chemin de terre. Ce simple symbole de civilisation les encourage. Ils s'y engagent en chantant, telle une meute de scouts.

Une pancarte au bord de la route leur indique bientôt qu'ils approchent du village. Les compagnons sont surpris : ils croyaient que le village était beaucoup plus éloigné et qu'ils en avaient pour des heures, sinon des jours, de marche. Mais voilà qu'ils arrivent à destination : des maisons sont massées au bord de la route comme des supporteurs attendant un peloton de coureurs. Dans ces maisons, il y a des gens pour les renseigner, il y a des téléphones pour appeler leurs parents.

Les compagnons se mettent à courir, clopin-clopant.

L'une des premières habitations à l'entrée du village est une épicerie. S'il y a un endroit où les compagnons ont une chance de trouver des gens à cette heure de la journée, c'est bien dans une épicerie. Les compagnons montent d'un seul bond les quelques marches de bois. À l'intérieur, il fait sombre; les néons sont éteints. La seule clarté vient des fenêtres, et elles sont bouchées en partie par des boîtes de toutes tailles. Les compagnons ne voient ni épicier ni clients.

— Il y a quelqu'un? crie Ariane.

Elle ne reçoit pas de réponse. Elle va voir dans l'allée du fond: il n'y a personne.

— C'est bizarre, dit Sept. D'habitude, il y a tout plein de monde chez les dépanneurs.

— Il y a sûrement un téléphone quelque part, dit Rogne.

Il y en a un sur le comptoir, près de la caisse. Les compagnons se précipitent mais, à ce moment, dans leur dos, un long grincement se fait entendre. Les compagnons se retournent dans un sursaut. Le bruit vient de l'arrière-boutique, plongée dans la pénombre. L'abattant d'une trappe frappe le plancher avec fracas. Par l'ouverture béante, les compagnons voient apparaître une tête, juste une tête, dont le visage est transformé en masque par un éclairage venant d'au-dessous. La tête les fixe de ses yeux d'ombre. La bouche s'ouvre, trouant le masque, mais aucun son n'en sort. Un revenant surgissant soudain de son sépulcre n'aurait pas une autre allure. La tête s'élève : l'homme monte en se tenant à deux mains au bord de la trappe. Il se redresse et reste à côté du carré lumineux, se balançant imperceptiblement. Depuis qu'ils le voient en entier, les compagnons trouvent à l'homme un air tout à fait inoffensif. C'est un petit homme chauve, assez gros. Il parle enfin, d'une voix pâteuse :

— Ah ben! Ah ben ça alors, d'la visite! D'la belle visite! Je pensais que je rêvais tout éveillé. Quand j'ai entendu marcher, j'en croyais pas mes oreilles. Puis, j'ai entendu crier, là ça avait l'air vrai. Je me suis dit : «André!» (il change de ton) André, c'est moi, André de Saint-André; trouvez-vous ça drôle? ...Là, je me suis dit : «André! il y a quelqu'un en haut». Je monte. Et qu'est-ce que je vois? Des beaux petits gars et des belles petites filles... Vous êtes pas des apparitions toujours?

Il s'avance d'un pas mal assuré vers le groupe figé des compagnons. Ceux-ci n'ont pas eu le temps de placer un mot, ils n'en ont pas eu l'idée non plus, tant ils sont étonnés par l'allure et le discours du bonhomme. Celui-ci s'est approché de Moa et, alors qu'elle ne s'y attend pas, il l'attrape par la taille et l'entraîne dans une danse. Si on peut appeler ça une danse, ça tient plutôt du tangage de deux passagers qui n'ont pas le pied marin. Moa jette des regards furieux par-dessus son épaule. S'ils n'étaient si surpris, les compagnons éclateraient de rire. Sept murmure à l'oreille d'Ariane :

— Il est fou!

— Il n'est pas fou, dit Ariane. Il est complètement soûl.

Moa réussit à s'arracher des bras d'André. Il titube un moment, cherchant son équilibre. Finalement, il s'appuie au

mur. Les menaçant de l'index, André demande aux compagnons :

— Vous autres, vous êtes pas bien
vieux pour vous promener tout seuls
dans la misère du monde. D'où c'est que
vous venez donc?

— Ce serait long à expliquer, dit
Ariane. Ce qu'on voudrait d'abord, c'est
appeler nos parents. On est pressés. Il
nous est arrivé des choses graves et il
faut qu'on parle à nos parents au plus
vite. Est-ce qu'on peut se servir du téléphone qui est près de la caisse?

— Le téléphone? dit André. Il n'y a
plus de téléphone! Fini le téléphone!

André fait de la main un grand geste
qui lui fait perdre l'équilibre. Il tombe assis. Les compagnons contournent des
caisses empilées et le retrouvent. Il est
resté tranquillement par terre et il continue à parler pour lui-même :

— Fini le téléphone! Finie la radio, finie la télé, fini toute! Ça sert plus à rien
toutes ces maudites patentes-là!

Il fixe le vide d'un air absent. Les
compagnons le regardent, ne sachant que
penser. Soudain, André relève la tête et
leur demande :

— D'où c'est que vous sortez? Dites-moi ça les beaux enfants, d'où c'est que vous venez?

— Je t'ai dit tout à l'heure... commence Ariane, oh! ça ne sert à rien.

Ariane se tourne vers les compagnons et dit :

— Il n'y a rien à en tirer. Tant pis, on va se passer de sa permission.

Les compagnons retournent dans l'épicerie. Dans leur dos, André monologue :

— Le téléphone, ça sert à rien. Fini!... On m'appelait : «André, c'est quoi tes spéciaux de la semaine?... On m'appelait... le téléphone arrêtait pas de sonner...

Moa a réussi à s'emparer du récepteur. Elle fait une grimace et dit :

— Je n'entends rien. Le téléphone est mort. Je n'entends pas le «mmm». Ça sert à rien de composer, le téléphone ne marche pas.

Rogne lui prend l'appareil des mains mais il est bien obligé d'en venir aux mêmes conclusions, non sans subir un regard furieux de la part de Moa. Ils reviennent près d'André pour tenter d'en

savoir plus long. Mais, sur ces entre-
faites, André s'est endormi. Rogne a beau
le secouer, rien à faire. Comme pour
narguer Rogne, André se met même à
ronfler.

Les compagnons le regardent dormir
un moment puis ils sortent de l'épicerie.
Ils restent groupés au pied des marches,
hésitants, ne sachant que faire. Les paroles d'André et le dérèglement du téléphone ravivent leurs inquiétudes, de
même que l'air d'abandon que montre le
village. Autour d'eux, les trottoirs et les
cours sont vides; aucune voiture ne cir-
cule dans la rue, aucun son ne vient
jusqu'à eux. Le village semble déserté
comme une ville-fantôme de film western.
C'est étrange, comme tout ce qu'ils ont
vécu depuis leur fuite sous la terre. Il y a
longtemps que les compagnons ne vivent
qu'entre eux : il leur arrive d'avoir de la
difficulté à se rappeler à quoi ressemble
une vie ordinaire.

Finalement, Rogne se détache du
groupe et va frapper à la porte de la maison d'à côté. Moa et Niam, puis le reste
du groupe, se dirigent vers des maisons.
Ils ont beau sonner et toquer, aucune

porte ne s'ouvre. Les compagnons passent d'une maison à l'autre, tissant un réseau d'espoir. Mais tout ce va-et-vient s'avère inutile. Le village est vraiment désert. André semble en être le seul habitant.

Les compagnons retournent à l'épicerie. André dort toujours. Ariane descend à la cave d'où André était sorti, comme un revenant de sa tombe. Elle y trouve une installation : dans un coin, il y a un lit et une commode, une table et une chaise; plus loin, près d'un évier, des accessoires de toilette. Le reste est occupé par l'entrepôt de l'épicerie. Suivi de près par Niam, Glou rejoint Ariane. Les autres ne tardent pas à descendre aussi. Ils examinent distraitement l'installation d'André. Ils sont découragés. Ils croyaient être arrivés au bout de leurs peines mais le mauvais rêve continue. Ils n'ont encore reçu aucune réponse aux mille questions angoissantes qu'ils se posent. Ils sont toujours aussi isolés du reste du monde. Ils doivent continuer à ne compter que sur eux-mêmes. Rien ni personne ne vient alléger leur fardeau d'inquiétude. En arrivant au village, ils étaient sûrs de reprendre contact avec des gens et de tourner la page de leurs aventures, mais le répit n'est pas venu. Le mystère reste entier et toujours aussi menaçant.

— Ariane, qu'est-ce qu'on va faire? demande Sept.

— Je pense qu'on devrait se reposer en attendant qu'André se réveille, dit Ariane. Il n'y a rien d'autre à faire. Vous avez vu : à part André, il n'y a personne dans le village. Il est le seul à pouvoir nous aider. Pour le moment, il ne vaut pas grand-chose mais quand il se réveillera, il répondra à nos questions... si on ne parle pas trop fort.

— Pourquoi : si on ne parle pas trop fort? demande Biba.

— Parce qu'il aura la tête fragile, dit Ariane.

— Et pourquoi il aura la tête fragile? demande Biba.

— Parce qu'il a trop bu. Demain, il aura mal aux cheveux, dit Ariane.

— On a mal aux cheveux quand on boit trop? demande Biba.

— On a mal aux cheveux et on a la gueule de bois, dit Ariane.

Biba est tenté de demander ce qu'est la gueule de bois mais il arrête là sa série de questions. Il est clair que les compagnons ne peuvent s'installer dans la cave : il n'y a qu'un lit et, de toute façon, ils en ont assez des lieux souterrains. Moa intervient :

— Moi, je suis entrée dans une maison. Oh! ne me regardez pas comme ça, il n'y avait personne. Quand j'y ai mis la main, la poignée a tourné toute seule, la porte n'était pas fermée à clé. La maison était vide... On pourrait... je ne sais pas, moi, ce n'est probablement pas la seule maison ouverte; on pourrait s'installer dans une maison en attendant qu'André se réveille. Ce serait plus confortable qu'...

— Et le téléphone? Est-ce qu'il marchait? demande Rogne.

— Non, il courait, répond Moa. Puis elle continue plus sérieusement : la première chose que j'ai vue en entrant, c'était le téléphone. Il était juste dans l'entrée... il ne fonctionne pas, lui non plus.

— Peut-être que la ligne du village est coupée ou peut-être que les fils sont tombés ou peut-être... la voix de Sept s'éteint.

Les autres ne répondent pas. Ils n'ont plus envie de bâtir des hypothèses. Sans un mot, ils suivent Moa dans la grande maison qu'elle a déjà visitée. Ils s'aperçoivent qu'ils ont faim. Ils prennent un léger repas dans la cuisine, sans toucher aux provisions de la maison : ils se contentent des réserves qu'ils ont prises au chalet. Et ils nettoient la cuisine après s'en être servis. Puis ils se partagent les lits des trois chambres.

Ariane est restée à l'épicerie : elle n'aimait pas l'idée d'abandonner André. Il est le seul à pouvoir leur raconter ce qui s'est passé. Elle s'assied sur le lit en attendant qu'il se réveille. Elle essaie de lutter contre le sommeil mais, à la longue, le grand silence détend ses défenses. Elle glisse sur le couvre-lit et s'endort.

Un bruit réveille Ariane. Avant qu'elle réalise que ce sont des pas dans l'escalier, André est arrivé en bas des marches et s'est approché du lit. Il s'arrête net à la vue d'Ariane à demi redressée. Il balbutie:

— Mais qu'est-ce?… comme… comme ça c'est vrai… je n'avais pas rêvé. Il y a vraiment des enfants. Mais qu'est-ce?…

où sont les autres? Est-ce qu'ils sont partis? Est-ce qu'on est tout seuls?

— À quelle question veux-tu que je réponde en premier? demande Ariane qui a repris ses esprits. Moi aussi, j'ai des questions à poser. Mes amis et moi, on est partis de chez nous depuis très long-temps. On a l'impression que, pendant ce temps-là, il s'est passé quelque chose de grave mais on n'a pas encore réussi à savoir quoi. Qu'est-ce qui s'est passé?

— Oh! ma petite fille, ce qui s'est passé...

André se laisse tomber sur le lit à côté d'Ariane. Il hoche sa tête baissée, des larmes roulent sur ses joues et tout ce qu'il parvient à dire durant un moment, c'est :

— Ma petite fille! Ma pauvre petite fille!...

Ariane attend un peu puis elle ne peut se retenir de répéter sa question :

— André, qu'est-ce qui s'est passé?

André s'essuie les yeux, renifle un bon coup puis, regardant Ariane droit dans les yeux, il lui explique :

— Ce qui s'est passé!... Il y a eu un accident dans une de leurs saletés

d'usines nucléaires!... Il y a eu des secousses, on aurait dit un tremblement de
terre. Est-ce que c'était un vrai tremblement de terre et que ça a causé des dé-
gâts dans la centrale ou est-ce que les
secousses, c'étaient des explosions, je le
sais pas. Tout ce que je sais, c'est que
des tas de gens sont morts et qu'un
nuage de poussière radioactive s'est mis
à se promener dans les airs. Et partout
où la poussière se posait, ça tuait les
gens, les animaux, les plantes. Là, c'était
la grande panique. Ils nous ont dit de
pas paniquer. Comment tu veux ne pas
paniquer quand un nuage de mort se
promène au-dessus de ta tête? Quand on
a appris que les vents poussaient le
nuage par ici, mes voisins sont devenus
fous. Ils ont embarqué dans leurs autos,
dans tout ce qu'ils trouvaient, même
l'autobus scolaire, puis ils sont partis à
l'épouvante. Moi, je me disais que c'était
plus dangereux d'être sur les routes qu'en
dedans. Je me suis caché dans mon épicerie. J'ai décidé de me tenir dans ma
cave jusqu'à ce que le pire soit passé.
J'ai descendu les choses dont j'avais besoin, pour être un peu confortable. Mon

appartement est juste au-dessus. Je ne dis pas que j'ai pas eu de problème. Avec mon lit par exemple : il a fallu que je le démonte. Je me dépêchais, j'avais assez peur que la poussière rentre par les fentes des fenêtres. J'avais essayé de boucher tous les trous mais ces saletés radioactives, ça s'infiltre partout. Je peux te dire que j'ai été soulagé quand j'ai fermé la trappe pour de bon au-dessus de ma tête. Là, j'étais à l'abri. Je savais qu'il fallait me cacher pendant quinze jours à peu près mais on joue pas avec ces affaires-là. Ils peuvent bien dire que la radioactivité disparaît quasiment toute en quinze jours, j'ai pas pris de chance puis j'ai attendu trois semaines avant de sortir de ma cave. Et encore, jusqu'à maintenant, j'ai pour ainsi dire pas mis le nez dehors. Mais vous autres, vous avez des parents bien sans dessein donc pour vous laisser dehors dans le danger! Comment ça se fait que vous vous promenez de même?

Ariane fait le récit de leurs aventures. Elle raconte leur fuite sous terre, leur vie dans la *cavernale*, leur libération et leur séjour dans le chalet. André n'en revient pas :

— Vous étiez dans des grottes? Et toi, tu as senti le danger et tu as emmené tes amis. T'es une spéciale, toi, avec ton pouvoir! Ça m'étonne pas qu'il commence à y avoir du monde comme toi sur la terre. On va avoir besoin de monde bien spécial, avec toutes leurs folies de nucléaire. On se disait toujours que c'était dangereux, puis on l'oubliait jusqu'au lendemain mais, là, on l'a eue la catastrophe. Puis, c'est pas drôle. On va avoir besoin de monde comme toi pour nous sauver.

— Mais je n'ai pu sauver que mes six amis et j'aurais dû...

Le souvenir de son demi-sauvetage s'ajoute aux émotions causées par ce qu'André vient de lui apprendre : c'en est trop pour Ariane. Elle ne peut en dire plus. Elle détourne la tête, en se mordant les lèvres. André lui tapote maladroitement le dos. Il dit :

— Tu en as sauvé six, c'est pas mal. Sans toi, tes amis seraient morts, ils sont chanceux de t'avoir.

Ariane s'est ressaisie. Elle dit :

— J'ai emmené mes amis jusqu'ici. Mais il faut encore que je les ramène à leurs parents.

— Où c'est que vous habitez?

— On habite à Outremont.

— C'est où ça, Outremont?

— C'est dans Montréal.

— Oh, Montréal! ils ont dû l'évacuer. Ils ont vidé toutes les grandes villes. Ils ont emmené les gens dans des espèces de camps, loin dans le nord, en attendant que ça ne soit plus radioactif. Parce qu'ils ont aucun abri dans ces grandes villes-là. Le monde est parqué dans des camps, ça doit pas être beau à voir. Puis, doit pas être beau à voir non plus dans illes parce qu'il y a du monde qui caché. Et maintenant que tous les autres sont partis, ils sortent de leurs cachettes puis ils volent tout ce qu'ils trouvent dans les magasins puis dans les maisons abandonnées. Les villes évacuées, c'est plein de bandits, des voleurs puis des tueurs. Ils sont armés ce monde-là, ils sont dangereux, des vrais fous.

— Mais alors on ne pourra pas rentrer chez nous!... Mes amis vont être déçus, non, déçus ce n'est pas le mot, ils vont être franchement malheureux. Après tous les ennuis qu'on a traversés, ils ont si hâte de rentrer chez eux et de retrouver leur vie ordinaire. Mais maintenant, ce n'est plus possible. Comment est-ce que je vais leur apprendre ça?

— Et toi, Ariane, tu n'as pas hâte de rentrer chez toi?

— Oh, chez moi, il y aurait juste ma mère. Et puis elle et moi, on ne s'entend pas tellement bien, surtout depuis que mon père est parti. En fin de compte, j'aime mieux vivre avec mes amis. Mais je m'étais juré de les ramener sains et saufs à leurs parents. Ils se doutent qu'il s'est passé quelque chose mais jamais ils n'ont pensé que ça pourrait les empêcher de retourner chez eux. Il y en a même qui doutent, depuis le début, qu'il y a un danger. Alors maintenant, quand il va falloir leur annoncer qu'on ne peut pas rentrer à Montréal, ça va être terrible.

Dès leur réveil, les compagnons viennent à l'épicerie. André leur répète ce qu'il a appris à Ariane. D'abord, les compagnons le mitraillent de questions mais André ne peut leur fournir aucune explication claire, aucun renseignement précis. Tout ce qu'il peut affirmer c'est que les grandes villes sont vidées, les gens évacués par camions et autobus vers des endroits sûrs. Et que l'armée patrouille la région pour ramasser tous les rescapés et empêcher, autant que possible, la violence et le vandalisme. Peu à peu, à mesure qu'ils constatent l'ampleur du désastre, les compagnons deviennent silencieux. André, qui craignait une scène pénible, est bien prêt à penser que les compagnons acceptent facilement ce nouveau coup du sort et se font une raison. Il propose donc, en forçant le ton réjoui :

— Bon, si on pensait à déjeuner maintenant. Toutes ces émotions, ça creuse.

Même Niam ne réagit pas. Les compagnons restent tournés en dedans d'eux-mêmes. André comprend alors que leur douleur est profonde. Elle s'ajoute à tant de maux que les compagnons suffoquent et cherchent en vain une bouffée d'espoir, au milieu de leur misère présente.

André se tourne vers Ariane. Elle lui fait signe de se taire en mettant un doigt sur sa bouche. Pendant un moment, le silence est vibrant puis Ariane parle aux compagnons. André découvre alors, et avec délices, les charmes de sa voix. Ariane l'a chargée d'ondes réconfortantes. Elle dit, entre autres choses, que tout espoir n'est pas perdu, que leurs familles ont vraisemblablement été évacuées avec les autres et que, dès qu'on les aura trouvés, ils rejoindront les leurs. Dans l'esprit des compagnons, l'obscurité se retire comme si une fenêtre subitement ouverte laissait entrer à flots la lumière et un souffle d'air printanier. André s'émerveille:

— C'est de la magie! Ariane, tu es merveilleuse!

André saisit la main d'Ariane et l'embrasse avec ferveur. Ariane lui sourit mais ses yeux sont embués de larmes. Elle sait que l'apaisement distillé par sa voix ne durera pas longtemps; les compagnons devront en venir à supporter lucidement ce surcroît d'angoisse. Ariane souffre pour ses amis.

En sortant du répit procuré par la voix d'Ariane, les compagnons réagissent chacun à sa façon. Certains veulent quitter immédiatement Saint-André pour se rendre compte, par eux-mêmes, de ce qui est advenu à Montréal. André essaie de les dissuader :

— Vous n'y pensez pas! C'est dangereux de rester longtemps dehors même si la radioactivité est supposée être toute partie. C'est pas bien bon de se promener dans cette poussière-là, j'en suis sûr. Et vous avez un sacré bout de chemin à faire jusqu'à Montréal. Puis vous prenez des risques : vous êtes entrés dans Saint-André sans précaution en marchant en pleine rue et en menant grand train. Heureusement que vous êtes tombés sur moi, je suis un bon gars. Mais, ailleurs, ils sont dangereux. Ils sont armés et ils vont défendre farouchement leurs abris et leurs provisions, enfin le peu qui reste après un tel désastre. Dans ce temps-là, l'homme devient pour l'homme le pire des ennemis. Ça va être dangereux de se promener sur les routes. Si vous tenez absolument à retourner à Montréal, traversez les terres et le bois en vous cachant. Voyagez de nuit. Évitez les villages et ne vous montrez à personne, surtout vous, les filles. Mais, rendus à Montréal, vous trouverez une ville ravagée, livrée aux bandits. Mon meilleur conseil, c'est : restez donc à Saint-André avec votre ami André, jusqu'à ce que des secours viennent vous chercher... Ne me laissez pas tout seul. Vous avez vu ce que ça me fait? Je me mets à boire. Je prends pas ça, la solitude. Restez donc avec moi!

Les compagnons ne donnent pas de réponse tout de suite. Ils demandent un peu de temps pour réfléchir et pour discuter entre eux de ce qui est le mieux à faire. Ils tiennent conseil dans la cuisine de la grande maison où ils ont passé la nuit. Ariane est avec eux cette fois. Ils parlementent longtemps, sans parvenir à un accord.

Moa et Sept essaient de convaincre les autres de reprendre la route. Rogne soutient que c'est une folie. Chaque clan tente de gagner Ariane à sa cause, sachant que les autres accepteront sa décision. Mais Ariane ne veut influencer personne. Elle tient à ce que la décision soit prise en dehors d'elle.

Ariane n'en peut plus : elle se sent vidée de ses forces et de ses émotions. Elle sort sur le balcon, à l'arrière de la maison. Glou la suit. Il s'adosse au mur de briques. Ariane s'est installée sur la balustrade de bois. Elle promène son regard magnifique sur le triste paysage saupoudré de poussière. De la sentir si proche, une faim bien connue étourdit Glou. En esprit, Glou répète la séquence des gestes qu'il voudrait faire : c'est simple, il n'a qu'à s'avancer, descendre Ariane de sa balustrade, la serrer ferme contre lui et approcher son visage du sien jusqu'à ce que leurs bouches se touchent. Il rêve de se voir en gros plan dans les longs yeux où toute la lumière semble se concentrer. Glou sait qu'il devrait profiter de ce moment privilégié : c'est si rare qu'ils se retrouvent ainsi à l'écart des autres. Mais il n'ose rien dire ni rien faire d'autre qu'admirer la fine silhouette arquée sur un fond de ciel blafard. Glou contemple Ariane avec des yeux de printemps. Mais quand elle tourne vers lui son visage fatigué, Glou détourne aussitôt les yeux vers le paysage, sans le voir. Ariane n'a pas remarqué l'ardeur du regard posé sur elle. Elle dit, résumant ses pensées :

— Quelle désolation! Chaque jour, la poussière détruit un peu plus les arbres.

Les plantes meurent l'une après l'autre. ...Sept me demande ce qu'il faut faire. Mais si je parle, je vais vous influencer, ce ne sera plus une décision libre. Je préfère me plier à la décision de la majorité. Mais il faudrait se mettre d'accord : ce serait trop dur de laisser des amis derrière et d'être sans nouvelles d'eux. Ça m'arracherait le cœur. Mais je ne peux pas non plus laisser aller tout seuls ceux qui veulent retourner à Montréal. La route sera remplie de dangers. Et qu'est-ce qu'on trouvera à Montréal, tu penses?

Pour répondre, Glou se contraint à regarder Ariane droit dans les yeux. C'est une souffrance délicieuse et terrible, comme une pointe de glace qui rafraîchit et brûle en même temps. Il resterait indéfiniment sous son regard mais il faut parler. Alors Glou demande :

— Pourquoi partir? On est en sécurité ici, non?

— Glou, je n'aime pas en parler mais puisque tu le demandes, je te dirai la vérité : le danger est partout. Ce n'est plus une menace soudaine mais une impression plus vague; je ne peux pas la situer mais elle est bien réelle. Pendant longtemps, il n'y aura plus de répit, je le crains... Si on décide de partir, il faudra refaire des provisions et prévoir d'emporter des choses qui se mangent froides parce qu'il ne sera pas question d'allumer des feux. Il faudra éviter tous les endroits habités... Ce voyage, ce ne sera pas facile...

— Ariane... avant de partir, je voudrais...

Ariane ne saura jamais ce que Glou voudrait, ni s'il s'agissait de partir du village ou simplement du balcon car, subitement, la porte vient de s'ouvrir et Niam les rejoint. Niam dit :

— Ariane, si ça continue, Rogne et Moa vont se battre comme chien et chat.

Ariane rentre. Glou jette un regard furieux à Niam qui, peinée, dit vivement :

— Je ne l'ai pas fait exprès, Glou, je te le jure. Je ne voulais pas vous déranger mais ça va vraiment mal entre Rogne et Moa... Glou, je voulais te dire... dans un monde pareil, un amour c'est un cadeau merveilleux, et le refuser c'est du gaspillage. Glou, laisse-moi t'aimer au moins, ne me repousse pas.

Niam met une main hésitante sur le bras de Glou mais, d'un mouvement d'épaule, il la repousse. Et il rentre sans rien dire. Piteuse, Niam entre à son tour. Dans la cuisine, les esprits se sont calmés. Ariane résume la situation :

— Bon, vos décisions sont prises : Sept et Biba, vous restez, et Rogne et Glou. Toi, Niam, est-ce que tu restes?

— Comment peux-tu en douter? demande Niam, tristement. Là, tu m'étonnes, Ariane, comment peux-tu ne pas être sûre que je reste avec vous?

— C'est d'être ensemble qui fait notre force, dit Ariane. Si je reste aussi, on est déjà six. Il n'y a plus que toi, Moa, qui n'as...

— Qu'est-ce que tu décides finalement, Moa? l'interrompt Rogne. Il n'y a plus que toi qui veux partir. Tu vas t'en aller toute seule sur les routes? Je te souhaite bonne chance!

— Ariane vient de dire que c'est d'être ensemble qui fait notre force, intervient Sept. Reste donc avec nous, Moa. Si tu pars, on ne sera plus que six.

— Tu n'auras qu'à changer de nom, dit Moa avec un sourire amer. Comme je l'ai dit et répété à Rogne : rester, ça veut dire être pris dans ce petit village sans moyen de communiquer. Personne ne pensera à venir nous chercher ici. Et il n'y a pas beaucoup de nourriture. À huit, on l'aura vite épuisée... Mais si vous restez tous, je resterai aussi.

8

ANDRÉ EST BIEN CONTENT
d'apprendre que les compagnons restent
avec lui à Saint-André. Mais il réalise,
lui aussi, qu'il faut organiser des rations
s'ils veulent avoir à manger tous les huit
jusqu'à ce que des secours arrivent.
Avec Ariane, il fait l'inventaire de la
nourriture dont ils disposent dans
l'épicerie. Ce matin-là, Moa, Sept et
Biba sont venus les aider. Ils sont
occupés à compter les boîtes de légumes, quand un étrange grondement se
fait entendre. Ça ressemble à un bourdonnement de grosses mouches noires...
un bruit de moteurs! Biba s'écrie joyeusement :

— Les secours arrivent! On vient nous chercher!

Dehors, Glou, Rogne et Niam ont aussi entendu le bruit des moteurs. Ils attendent sur la petite place. Ils regardent la route mais un dos d'âne ne permet pas de voir très loin. Ils n'aperçoivent la camionnette qu'au moment où elle entre dans le village. La camionnette freine bruyamment sur la place. Il en jaillit des hommes armés dont le visage est dissimulé par un masque à gaz. Moa qui était arrivée à la porte de l'épicerie, recule. André s'accroupit précipitamment derrière le comptoir et ordonne aux compagnons d'en faire autant :

— Baissez-vous vite! Ça va mal! Ces hommes, ce sont des bandits!

Les quatre compagnons l'ont déjà imité. Dehors, les hommes s'avancent, menaçants, vers Glou, Niam et Rogne qui ont instinctivement levé les bras. Voyant cela, Ariane se redresse comme un ressort. André veut l'attraper par un poignet pour la tirer à lui mais elle lui échappe. Elle est déjà dehors. La voix d'Ariane claque comme un fouet :

— Laissez-les tranquilles! Jetez vos armes!

Les hommes de la camionnette lui obéissent, ils jettent leurs armes par terre. Mais un camion vient de déboucher sur la place, et un coup de feu retentit parmi le crissement des pneus et le bourdonnement du moteur. Glou pousse un cri bref, il a été touché au bras droit. Ariane ne peut plus utiliser sa voix : le bruit du moteur la couvrirait et, de toute façon, les assaillants sont trop éloignés. Niam se précipite au secours de Glou. Ariane descend se placer entre eux et les envahisseurs.

Tandis qu'Ariane fixe anxieusement le camion immobilisé, un homme sort de la cabine. Elle n'aperçoit d'abord que deux longues jambes gainées de jean, puis l'homme referme la portière et elle peut le voir en entier. Il porte un masque à gaz lui aussi. Une crinière de boucles noires l'auréole. Il avance lentement vers Ariane. Il y a quelque chose de félin dans sa démarche, quelque chose de souple et d'inquiétant tout à la fois. Il s'approche d'Ariane, il s'approche à la toucher. Sans la quitter des yeux, lentement, il retire

son masque. Une barbe lui ronge le
menton et les joues. De grands yeux
bruns mettent la seule note chaleureuse
dans un visage fermé. La bouche de
l'homme, très belle, est tendue dans un
mince sourire. Puis l'homme parle. Ariane
regarde la belle bouche remuer dans la
barbe :

— Voyez-vous ça! Alors, on sait se
défendre, on dirait!

Ariane ne comprend le sens de ce qu'il
dit qu'avec un temps de retard. Elle est
trop occupée par les mille sensations qui
montent en elle. «Sa voix n'a pas du tout
la même couleur que ses yeux» pense
Ariane. L'homme a une voix neutre, une
voix qui a été travaillée pour en retirer
tout accent, toute résonance. C'est une
voix mince et lisse qui ne vibre pas, une
voix matée. L'homme est abondamment
parfumé. C'est une sensation retrouvée
que de respirer une senteur aussi capi-
teuse. Ariane se sent enveloppée par le
parfum de l'homme, elle a l'impression
d'être happée dans son espace vital. Mais
est-ce le seul parfum de l'homme qui la
soûle? Quelque part, loin, dans un autre
monde, une voix brutale dit :

— Hé! les gars sont tout raides, on dirait qu'ils sont paralysés. Qu'est-ce qu'on fait, Démon?

Il s'appelle Démon!

— Ce qu'on fait? dit Démon. Il faudrait demander à cette jeune sorcière...

Il s'est rendu compte du trouble qui a saisi Ariane. Il a de nouveau son inquiétant sourire. Il prend le menton d'Ariane dans sa main et demande, d'un ton qu'il veut enjôleur :

— Alors, sorcière, tu m'expliques ce qu'il faut faire pour ranimer mes gars?

— Je... ça ne sera pas long, il vont se réveiller bientôt.

Ariane sait à peine qu'elle a répondu. Démon se détourne d'elle et lance des ordres aux hommes qui ont sauté du camion :

— Inutile d'attendre que Louis et ses gars se réveillent. On a déjà assez perdu de temps, il ne faut pas traîner si on ne veut pas se faire repérer. Fouillez-moi ce village en vitesse et rapportez tout ce qui peut être utile. (Comme les hommes s'éloignent, il crie.) La capitaine veut surtout de quoi manger. Et amenez-moi tous les petits curieux qui se cachent.

Démon remet son masque : ces hommes craignent vraiment la poussière. Ariane reprend ses esprits depuis qu'elle n'est plus sous le regard direct de Démon : son souci des autres lui revient. Ariane a vu deux hommes entrer dans l'épicerie. Elle s'attend à ce qu'ils ressortent d'un moment à l'autre en escortant André et les autres compagnons au bout de leurs carabines. Qu'est-ce que Démon et ses hommes vont faire d'eux tous?

Mais les hommes sortent de l'épicerie sans amener de prisonniers. André et les autres ont réussi à se cacher. Les envahisseurs transportent des caisses de provisions qu'ils empilent dans la benne du camion. Ils vident les rayons de l'épicerie, les armoires des maisons et ils emportent des objets pêle-mêle. Les hommes qui avaient subi la voix d'Ariane se sont réveillés. Ils se joignent au pillage de la petite ville. Quand il ne reste plus rien d'intéressant, Démon donne l'ordre de départ. Ariane est soulagée : ni André ni les autres n'ont été découverts. On fait monter les quatre prisonniers dans la benne du camion, parmi les objets volés.

On les ligote et on masque leur visage d'un bout de tissu. Est-ce pour les protéger de la poussière ou pour les empêcher de voir le parcours? La camionnette démarre en trombe. Le camion, lourdement chargé, suit plus lentement.

Pour nos amis, le trajet semble interminable. Ils sont ballottés à chaque soubresaut du véhicule. Dans les virages, ils se meurtrissent aux coins aigus des caisses. Glou gémit chaque fois que son bras est touché; Ariane l'encourage de la voix du mieux qu'elle peut. Elle réussit à détourner en partie l'attention de Glou de sa douleur. Mais quand le camion freine et s'arrête enfin, il n'est pas trop tôt : les compagnons n'en peuvent plus. On les fait rudement descendre du camion. Leur bandeau ne leur est pas retiré. C'était donc pour les empêcher de voir qu'on les avait masqués. On les emmène, trébuchants, en haut d'escaliers, à travers des salles et des couloirs où leurs pas résonnent comme dans des pièces vides, puis en bas d'autres escaliers. À un moment, Glou tombe. La colère de Niam explose en entendant Glou gémir. Mais personne ne répond à ses questions furieuses. Enfin, on leur dit de s'arrêter et les bandeaux leur sont retirés. Ils clignent de l'œil d'abord puis leur vue fait la mise au point.

Ils sont dans une pièce encombrée de boîtes, de classeurs, de fauteuils... En face d'eux, derrière un bureau, trône une grosse femme entièrement vêtue de rouge. Une casquette de capitaine est posée sur sa courte tignasse noire. Des traits vulgaires alourdissent encore sa large face. Ses petits yeux bougent dans son visage, fureteurs comme des bêtes malfaisantes. «Elle a des yeux carnivores», pense Ariane. La grosse femme examine les compagnons qu'on a poussés devant elle. Démon s'est assis sur un coin du bureau et observe les prisonniers lui aussi. La capitaine se penche par-dessus le bureau et met sur la cuisse de Démon une main rapace aux longs ongles écarlates. Elle le regarde de bas en haut, avec ce qui doit être un sourire sur ses lèvres pincées. Sa voix criarde est désagréable à entendre :

— Qu'est-ce que tu me ramènes de bon cette fois, mon Démon? De la nourriture, j'espère. Mes réserves sont bien basses depuis le dernier party... (un garde lui murmure quelque chose à l'oreille, elle rit brutalement). Tu as raison mon Louis, ça n'a pas été perdu pour tout le monde... Bon vous mettrez tout ça dans mes réserves. Louis, fais décharger le camion, je veux que personne ne touche à mon butin.

Le dénommé Louis sort pour exécuter les ordres. Démon bondit soudain, avec un cri. La capitaine a crispé sa main, et les longs ongles ont traversé le denim pour se planter dans la chair de Démon. Il a un mouvement furieux mais il se ressaisit aussitôt et parvient à sourire. Il se contente de menacer la capitaine de l'index, à la blague : il est clair qu'il craint cette femme. Comment expliquer autrement l'ascendant que cette monstruosité semble avoir sur lui? Mais l'attention est soudain détournée vers Glou qui vient de s'évanouir. Niam le retient juste comme il va glisser à terre. Elle relève la tête et, furieuse, crie à Démon :

— Vous ne pourriez pas appeler un médecin. Glou a perdu pas mal de sang. Il va mal.

La seule réponse qu'elle obtient est un sec éclat de rire de la capitaine. Celle-ci demande :

— Comment l'as-tu appelé? Glou? Tu parles d'un nom à coucher dehors. (Elle se tourne vers Démon.) Pourquoi est-ce que tu me ramènes ces enfants, Démon? On a déjà assez de bouches inutiles à nourrir. Il fallait les éliminer sur place, ça règle le problème de se débarrasser des corps.

— Je te les amène parce qu'il y en a une qui est un vrai phénomène. Elle a paralysé Louis et ses gars, rien qu'en criant.

— Hein?

— Oui je te dis, elle a crié et les gars sont devenus raides, ils ne bougeaient plus, ils avaient l'air gelés. Elle a un pouvoir dans sa voix. Je me suis dit que si celle-là a un pouvoir, les autres en ont probablement aussi. On aurait bien besoin de mutants pour nous aider à trouver de la nourriture, de l'eau, et pour nous défendre si jamais on découvre notre abri.

— Il y a toujours moyen d'amener le monde à collaborer, dit la capitaine d'un ton qui donne froid dans le dos. C'est laquelle qui a le pouvoir, la grande ou la petite?

Le regard de la capitaine dérive vers les filles, glacé comme une banquise.

— C'est la grande qui a crié. Mais, comme je te dis, la petite et les garçons ont sans doute des pouvoirs eux aussi. Ils étaient seuls dans le village. C'est pas normal qu'ils aient survécu jusqu'ici, il faut qu'ils soient spéciaux. Et puis, ils étaient dehors, sans masque, et ils ne montrent aucun signe de contamination...

— La contamination! crie la capitaine.

Elle bouge d'une façon grotesque ses gros bras flasques. Elle continue à crier :

— La contamination! ...Mais qu'est-ce qui te prend Démon? Ils sont contagieux! Enlevez-les d'ici! Je ne veux pas être contaminée! Je ne veux pas mourir!

— Charles! fais-les sortir, dit Démon à un garde.

— C'est facile à dire, proteste Charles, mais où c'est que je vais les mettre, moi?

— Je viens avec toi, dit Démon, on va trouver un coin où les enfermer.

— Non! s'écrie la capitaine. Reste ici, Démon. Charles est capable de se débrouiller. Toi, tu as des choses à te faire pardonner. Tu m'as fait assez peur. Il va falloir que tu te fasses pardonner...

La dernière vision qu'Ariane a en quittant la pièce, c'est Démon dans les bras de la capitaine. Si une flèche venait subitement de la frapper, Ariane ne souffrirait pas plus.

Charles les emmène, en bougonnant, à travers un réseau de couloirs souterrains. Il y a juste assez de place pour circuler l'un derrière l'autre. Niam et Rogne transportent Glou, en le tenant l'un par les épaules l'autre par les pieds. Ils essaient de ne pas le heurter mais les couloirs sont obstrués par une foule d'objets hétéroclites. Ça ressemble à un très long hangar désordonné. Les quelques personnes qu'ils croisent, hommes ou femmes, sont armés et ont tous cet air dur, ce visage fermé qu'Ariane a remarqué aux hommes de Démon. D'ailleurs, ce sont peut-être les mêmes. Charles ouvre une porte. Ariane a juste le temps d'entrevoir quelques femmes assises par terre, l'air abattu. Charles a refermé la porte aussitôt, disant pour lui-même :

— Pas ici, c'est déjà assez «*paqueté*»!

Il les conduit plus loin puis s'exclame :

— Je le sais où je vais vous emmener!

Il les entraîne jusqu'à un étroit réduit qu'il vide en partie de ses boîtes, avec l'aide d'Ariane et de Rogne. Quand Charles referme la porte sur eux, les compagnons ont à peine l'espace pour s'asseoir. Ariane, Niam et Rogne déblaient un plus grand espace en empilant des caisses. Ça leur permet de découvrir des vêtements. Ils les sortent des boîtes et les disposent en matelas. Ils y étendent Glou, avec infiniment de précautions. Il a les traits tirés dans la lumière crue que répand le néon du plafond. Les trois autres compagnons s'accroupissent par terre, le dos aux boîtes. Rogne fait un tour d'horizon et déclare :

— Moa n'aimerait pas ça, ici!

— Chut! s'empresse de dire Ariane, il ne faut jamais parler des autres, même entre nous : les murs ont parfois des oreilles. Il ne faudrait pas qu'ils apprennent qu'on était plus que quatre.

Loin de Démon, Ariane reprend ses esprits. Elle aide Niam à soigner Glou. Glou a perdu du sang mais, fort heureusement, la balle a juste déchiré la chair : elle ne s'est pas logée dans le bras de

Glou. La blessure a arrêté de saigner.
Glou est faible mais son bras n'est pas
gravement atteint. Elles font leur possible
pour bander la blessure avec un linge
propre. Elles étendent le bras de Glou
bien droit serré contre son corps. C'est à
peu près tout ce qu'elles peuvent faire
dans les circonstances. Elles se rasseyent
et contemplent le visage blanc d'épuisement du blessé. Ariane chuchote :

— Tu sais, Niam, cet homme qu'ils
appellent Démon?...

— Oui...

— Hé bien! il a un pouvoir lui aussi.
Je l'ai senti. Quand il m'a regardée, ça
m'a fait tout drôle. Mon cœur battait à
toute vitesse comme si j'avais peur mais
je n'avais pas peur, j'avais plutôt le goût
de rester là à le regarder et à ce qu'il me
regarde... Lui, il paralyse avec ses yeux.

Niam a une espèce de petit rire triste
puis elle dit doucement :

— Ton Démon, il a un grand pouvoir
en effet, celui de provoquer des coups de
foudre. Tu es tombée amoureuse de lui,
Ariane, voilà tout son pouvoir.

— Je suis amoureuse?... C'est ça
l'amour?...ce malaise? ...Même mainte-

nant quand je pense à Démon, j'ai comme un vertige dans le ventre. C'est comme ça qu'on se sent quand on est amoureux?

— C'est comme ça que Glou se sent en tout cas quand il te regarde.

— Glou est amoureux de moi?

— Ne viens pas me dire que tu ne t'en es jamais rendu compte!

— Non, je te le jure, je ne le savais pas... Pauvre Glou!

— Oui, pauvre Glou, reprend Niam. Il t'aime, il souffre à cause de toi.

— Niam, tu as l'air de t'y connaître, qu'est-ce que je dois faire?

— Surtout, surtout ne rien lui dire, ne pas lui parler. Il n'y a rien de pire, ça gâche tout... Mais tu ne dois pas rêver, Ariane : ce Démon, il n'est pas pour toi. Ce n'est pas l'âme-sœur que tu cherches. C'est un bandit, ce gars-là, peut-être un tueur. Et de toute façon, la capitaine a mis le grappin dessus, elle considère que Démon lui appartient. Il n'est pas libre. Tu ne sais pas encore ce que c'est que d'aimer un gars qui est pris ailleurs, qui te regarde comme si tu étais transparente. Tu n'as pas encore vu ce que c'est qu'aimer un gars qui en aime une autre, qui ne pense qu'à elle, qui est obsédé par elle...

Niam a l'impression d'avoir crié ces derniers mots alors qu'en fait, cela n'a pas dépassé le murmure. Ariane est surprise. Elle examine Niam avec curiosité et dit :

— Mais Niam, on dirait que tu as été amoureuse toi aussi!

— Non Ariane, je n'ai pas été amoureuse, je *suis* amoureuse. C'est pas pareil.

— Tu es amoureuse! Mais de qui?

— Oh Ariane, vraiment! Tu réussis à détecter un danger invisible, tu nous sauves, tu possèdes un merveilleux pouvoir. Et tu ne connais rien de ce qui se passe sous tes yeux.

Glou gémit dans son sommeil. Vivement, Niam se redresse et lui chuchote des mots doux tout en lui caressant les cheveux. Tout devient clair alors pour Ariane. «Niam est amoureuse de Glou» pense Ariane. Comment ne s'est-elle rendu compte de rien? Elle se pensait si proche de ses amis pourtant. Elle croyait bien connaître Glou. Ariane revoit en esprit certaines scènes de leur vie commune mais cela ne précipite pas les battements de son cœur. Puis l'image de Démon éclaire et tonne dans sa tête, et la même sensation de vertige lui tourbillonne au ventre. Ariane sourit malgré elle. Si c'est ça l'amour, c'est délicieux! Mais aussitôt, elle revoit Démon dans les bras de la capitaine, et une ombre noire bat de l'aile. Si c'est ça l'amour, c'est terrible! Ariane se force au calme. Elle réfléchit :

— Ce Démon, c'est un bandit, Niam a raison. J'ai eu le coup de foudre quand je l'ai vu la première fois, je me suis sentie aimantée par lui...

Tandis qu'elle pense à lui, une grande fleur malsaine s'ouvre en elle et dévore tout. Puis Ariane regarde Niam, toujours penchée sur Glou. Une partie d'Ariane, une partie étouffée se révolte brusquement contre l'emprise que Démon a sur elle :

— C'est un être mauvais! ...Mais qu'est-ce que je peux faire contre ce coup de foudre? ...Il suffit peut-être de laisser passer le temps... s'il nous reste du temps à passer. Allons, courage, je dois réussir à penser à lui sans vertige et à me tenir devant lui sans trembler ...Il a l'air si sûr de lui quand il me regarde; il voit que j'ai le coup de foudre et ça l'amuse. Je dois me retrouver telle que je m'aime! Ça ne me ressemble pas de me laisser impressionner par qui n'en vaut pas la peine. ...Et il obéit à cette affreuse femme! Elle est si laide! Eh bien, qu'elle le garde son Démon, je le lui laisse! Je ne veux plus l'aimer, non, les amis ont trop besoin de moi. Je ne leur sers à rien quand je suis dans cet état-là.

9

Les jours passent. Démon et la capitaine semblent avoir oublié l'existence des compagnons. Ceux-ci traversent des périodes de profond découragement, de noire inquiétude. Que va-t-on faire d'eux? Quel sort leur réserve-t-on? Ils se rappellent très bien le ton implacable qu'avait pris la capitaine pour régler la question. Seul le retour régulier des repas leur donne une quelconque notion du temps. Les deux premiers repas sont apportés par Charles mais il se fatigue vite de cet emploi, et ensuite, il se fait accompagner par une femme qui sert les compagnons. Cette femme doit être une prisonnière comme eux, elle a l'air négligée et ha-

rassée. Le garde fait sonner ses clés
tandis que la femme dépose les plats.
Chaque jour, les compagnons reçoivent
une ration d'un liquide trouble qui se
donne des airs de soupe grâce à quelques feuilles de légumes jaunis. Quand
ce n'est pas le semblant de soupe, il y a
au menu une ration de gruau à l'eau,
pâteux et non sucré. Rogne finit par
éclater, après quelques jours de ce régime. Il s'écrie :

— Je préférais encore les poissons de
la *cavernale*!

La femme jette des regards apeurés à
travers les longues mèches de ses cheveux raides de crasse. Niam ose lui demander des médicaments pour soigner
Glou mais Charles intervient brutalement :

— Jeanne a pas d'affaire à jouer les
garde-malades. Elle vous apporte à manger, c'est déjà bien assez pour vous, les
p'tits morveux. (Il continue à marmonner.)
Ça fait rien de ses journées et ça se fait
servir comme à l'hôtel.

La Jeanne en question prend une
voix douce et soumise pour répondre :

— Raymond ne voudrait pas qu'on
laisse ces enfants sans soins. S'il les a

épargnés, c'est qu'il en a besoin. Il ne serait...

— Toi, dit Charles, t'as intérêt à pas l'appeler Raymond mais Démon comme tout le monde, si tu veux pas te faire chicaner par la capitaine. Elle a décidé qu'il s'appelait Démon maintenant et tout le monde doit l'appeler de même.

C'était dit avec rudesse mais, le lendemain, Jeanne apporta quelques médicaments.

Durant ses accès de fièvre, Glou appelle souvent Ariane du fond de son délire. La première fois, Ariane s'est précipitée mais Niam est déjà là. Niam supplie :

— Je t'en prie, Ariane, laisse-moi faire. Tant qu'il aura la fièvre, Glou ne s'apercevra pas que c'est moi. Laisse-moi m'occuper de lui, je l'aime tellement. Il se laissera faire puisqu'il ne verra pas la différence. Et moi, je pourrai le toucher et prendre soin de lui sans qu'il me repousse.

Pendant plusieurs jours, Glou est brûlant de fièvre. À défaut de compresses, Niam promène sa bouche fraîche sur le front, les joues et la bouche de Glou.

Puis, à un moment donné, Glou émerge de son inconscience. Niam, qui l'a entendu bouger, se penche sur lui. Glou murmure :

— Niam...

— Oui Glou! Tu vas mieux? Je vais aller réveiller Ariane, elle est dans le coin là-bas. Elle va s'occuper de toi.

— Non, tu peux continuer à le faire.

— ... Tu...

— Je sais que c'est toi qui m'as soigné ces jours-ci. Tu es merveilleuse!

Niam devient écarlate. Gênés, ils se taisent. On n'entend plus que la respiration régulière de Rogne et d'Ariane. La voix de Glou hésite :

— Niam?

— Oui...

— Tu te rappelles ce que tu m'avais dit à Saint-André : «Un amour, c'est un luxe dans un monde comme celui-ci. Et le refuser c'est du gaspillage»? Hé bien, tu avais raison. J'ai l'esprit plus clair maintenant. Ariane est une fille extraordinaire... Non, ne bouge pas! Elle est extraordinaire, donc elle n'est pas ordinaire. Elle est si différente de nous, elle n'est pas pour moi. Elle ne m'aimera jamais, là encore tu avais raison... je l'ai vue avec ce Démon... je ne sais pas trop comment dire ça mais, ton amour m'est précieux, Niam, c'est un vrai luxe... Mais je ne veux pas être prétentieux, peut-être que toi, tu ne m'aimes plus. J'ai dû être bien ridicule parfois pendant le temps que j'avais de la fièvre.

— Non, Glou, tu n'as pas été ridicule, tu n'es jamais ridicule. Et moi je t'aime plus que jamais.

Cette fois, Niam ne vole pas ses baisers. Elle les reçoit et les donne tendrement et ardemment. Quand ils se séparent enfin, Glou et Niam éclatent d'un rire joyeux. Glou demande encore :

— Est-ce que ça fait longtemps qu'on est ici?

— Ça va faire cinq jours qu'on est enfermés dans cette pièce. Je ne sais pas ce qu'ils vont nous faire. Je crois qu'ils attendent de voir si on a été contaminés par la poussière, si on va être malades. La capitaine, elle, elle voudrait se débarrasser de nous tout de suite, elle trouve qu'on est des bouches inutiles. Pour ce qu'on mange ici! Mais Démon pense que Rogne, toi et moi, on est aussi des mutants, comme Ariane. Et il se servirait de nos pouvoirs.

Les rires et les chuchotements de Niam et Glou ont réveillé Ariane et Rogne. Ils sont heureux de constater que la fièvre de Glou est tombée et qu'il a de nouveau l'esprit clair. Ariane serre les compagnons contre elle comme pour marquer sa joie mais c'est surtout parce qu'elle a un message urgent et secret à leur passer. Elle murmure :

— Maintenant que Glou est guéri, on va pouvoir se sauver d'ici. Je vais vous ramener jusqu'à Saint-André : on y retrouvera les autres et André... Au prochain repas, je lancerai ma voix contre Charles, et on s'enfuira. Il faudra se dépêcher pour faire un bon bout de chemin avant que notre évasion ne soit découverte.

C'est la première fois que les compagnons attendent avec impatience leur repas insipide. Enfin, ils entendent la clé tourner dans la serrure. Jeanne entre pour distribuer les plats mais Charles reste dans le couloir. Les compagnons se regardent, inquiets. Comment le faire entrer? Ariane ne peut tout de même pas crier dans le couloir et prendre le risque d'ameuter les autres. Vivement, Ariane se retourne, ouvre l'une des boîtes puis appelle le garde, en mettant une note de séduction dans sa voix :

— Charles! J'ai trouvé quelque chose,... dans cette boîte-ci. Je suis sûre que ça t'intéresserait...

— Qu'est-ce que c'est? demande Charles, en entrant.

— C'est ton arme! dit Ariane, en prenant un ton de commandement. Tu me la donnes. Et tu me donnes aussi les clés... C'est bien. Reste là. Tu n'appelles pas, rien! Ne bouge plus. C'est parfait. (Elle se tourne vers les autres.) Vite! Allons-y, avant qu'il ne se réveille de ma voix. Viens Jeanne!

— Pourquoi est-ce qu'on l'emmène? demande Rogne.

— On ne peut pas la laisser, dit Ariane. La capitaine va être furieuse et c'est sur Jeanne que ça tomberait en premier.

Ariane a refermé la porte à clé. Par chance, il n'y a personne dans le couloir pour assister à leur fuite. Ils hésitent un moment : ils ne connaissent pas les lieux. Par où fuir? Jeanne sort de la stupeur provoquée par la révélation du pouvoir d'Ariane. Elle les entraîne en disant :

— Venez les enfants, par ici!... On a de la chance, ils sont en train de manger. Mais il faut se dépêcher.

Ils suivent à nouveau les couloirs encombrés, passent en tremblant devant le bureau de la capitaine mais aucun son ne leur parvient à travers la porte fermée. Ils sont déjà au bas des escaliers qui mènent à l'extérieur. Le trajet a été moins long qu'ils ne le craignaient. Derrière eux, un bruit de conversation se rapproche. Les compagnons et Jeanne se cachent au tournant de l'escalier, retenant leur souffle. Ils entendent une porte claquer et le silence se réinstalle. Ils reprennent leur fuite. Ils arrivent dans les pièces vides où leurs pas leur semblaient avoir résonné si lugubrement à leur arrivée au repaire de la capitaine. Quelques meubles renversés et des papiers éparpillés garnissent le plancher.

— C'était la mairie, explique Jeanne.

À ce moment, un bruit de moteurs se fait entendre. C'est la panique dans le petit groupe : Démon et ses hommes rentrent d'expédition et vont les découvrir. Il n'y a aucun endroit où se cacher dans la pièce où ils sont, et ils ne veulent pas redescendre l'escalier du repaire. Le bruit se précise : les fugitifs écoutent attentivement... ce n'est pas le ronronnement d'un moteur de camion ou de camionnette, c'est le vrombissement d'hélicoptères. Les fugitifs se précipitent sur le perron de la mairie. Deux gros hélicoptères de l'armée descendent vers eux. Les hélicoptères se posent au milieu d'un nuage de poussière. Des soldats en sautent. Les secours arrivent alors que les compagnons ne s'y attendaient plus du tout. Jeanne et les compagnons s'élancent à la rencontre de leurs sauveteurs. On les emmène près d'un hélicoptère et des soldats se faufilent dans le repaire. Ariane voit les soldats ressortir quelque temps plus tard, encadrant des prisonniers. Il y a là Louis et Charles, mais ni Démon ni la capitaine. Des femmes viennent serrer Jeanne dans leurs bras, elles s'embrassent et pleurent de joie. Des jeeps et des camions se sont ajoutés aux hélicoptères. On y fait grimper prisonniers et rescapés. Mais Ariane refuse de monter tant qu'elle n'aura pas vu ce qu'il advient de Démon. Il reste un petit noyau de résistance dans le repaire et, non loin d'elle, des soldats discutent des moyens à prendre pour en venir à bout. Le commandant donne finalement l'ordre d'utiliser les gaz lacrymogènes. Ce n'est pas bien long : les soldats masqués ressortent en tenant en respect Démon, la capitaine et quelques fidèles, larmoyant et toussant.

Ariane boit d'un seul regard la fine silhouette de Démon. Elle ne l'a pas revu depuis l'interrogatoire. Mais que se passe-t-il? Démon fait une grimace de douleur et s'écroule. La capitaine vient de l'abattre avec un revolver qu'elle avait dissimulé. On entend sa voix désagréable hurler par-dessus le bruit des moteurs et le crépitement des walkies-talkies. La capitaine crie :

— Tu ne seras à aucune autre, Démon! Jamais! Jamais, tu ne seras à une autre que moi!

Ariane regarde la scène de loin. Il lui semble que ça se passe dans un autre monde ou dans une autre dimension. Elle ne se sent pas concernée. Elle regarde les soldats désarmer la capitaine et examiner le corps immobile de Démon. Il est mort, elle le sait. Ariane a l'impression que son regard effleure un monde parallèle, qu'elle n'aurait qu'à détourner les yeux et que tout cela n'existerait plus. Et peut-être, regardant à nouveau, elle verrait Démon continuer d'avancer de son pas félin. Mais elle voit plutôt des hommes emporter le corps de Démon sur un brancard. Et le brancard disparaît dans la benne d'un camion. Une main se pose sur l'épaule d'Ariane :

— Ariane! chuchote la voix compatissante de Niam.

Ariane tourne la tête vers son amie.

— Ariane, répète Niam, ne sois pas triste.

Elle a vu ce qui s'est passé. Elle passe un doigt léger sur la joue d'Ariane tout en lui offrant un timide sourire. Alors seulement, Ariane se met à pleurer. Elle appuie son front au front de Niam et de grosses larmes roulent de ses yeux clos.

Des soldats s'approchent pour faire monter les filles dans l'un des camions. Mais Rogne s'interpose. Le commandant demande :

— Qu'y a-t-il? Pourquoi cette fille pleure-t-elle? Vous êtes libres maintenant!

Avant que Rogne ait pu répondre, le ton du commandant change car il vient de reconnaître Ariane :

— Qui est cette fille? Elle a parlé tout à l'heure. Je n'entendais qu'elle, et pourtant elle parlait doucement au milieu de tout le vacarme. Et je me suis senti obligé de l'écouter. Je n'ai jamais rien ressenti de pareil... Et elle est si belle! Ses yeux... Elle a quelque chose d'étrange, une force... Comment s'appelle-t-elle?

Rogne va répondre quand soudain une voix crie :

— Ariane! Ariane, on est là!

À travers ses larmes, Ariane reconnaît André, Moa, Sept et Biba qui accourent vers elle. Déjà, Biba est devant elle et s'accroche à son bras. Alors Ariane sourit et dit :

— Biba, tout est fini! Les compagnons sont à nouveau tous ensemble. Il n'y a que cela d'important pour aujourd'hui... et pour demain et pour tous les jours qui suivront.

Les compagnons s'embrassent et commencent à se raconter tout ce qui leur est arrivé depuis leur séparation. Le commandant dit à Rogne :

— Elle s'appelle Ariane!... Mais qui est-ce?

Et Rogne répond :

— C'est la fille la plus merveilleuse au monde! C'est elle qui nous a sauvés depuis le début. Elle est notre guide, notre lumière et notre espoir. Et il est temps qu'on la traite comme elle le mérite parce qu'elle est ce qu'il y a de plus précieux sur cette planète.